KB275274

남악 회양

남악 혜사

백장 회해

황벽 희운

동산 양개

운거 도응

석두 희천

마조 도일

위산 영우

앙산 혜적

석상 초원

양기 방회

행복한 禪 여행

중국 강호 선사 순례기

행복한 禪 여행

1판 1쇄 발행 . 2011년 6월 15일
1판 2쇄 발행 . 2011년 6월 22일

글 . 정찬주
사진 . 유동영
펴낸이 . 이희선
펴낸곳 . 미들하우스
주소 . 서울특별시 종로구 경운동 84-2 SK허브오피스텔 110동 422호
전화 . 02-333-6250
팩스 . 02-333-6251
등록일 . 2007. 7. 20
등록번호 . 제313-2007-000149호
ISBN . ISBN . 978-89-93391-07-7
표지 및 본문디자인 . 미들하우스
출력 . 포비전
인쇄 · 제본 . 영신사
값 . 15,000원

중국 강호江湖 선사禪寺 순례기

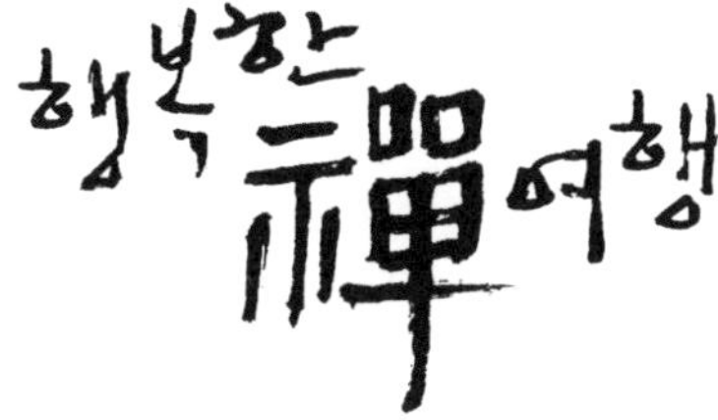

글 · 정찬주

미들
하우스

21세기 과학시대가 바로 禪의 황금기

내 산방 뜰을 보니 해당화가 미소를 짓고 있다. 함박꽃은 주먹밥 같
은 꽃을 주렁주렁 매달고 있다. 내 마음에도 물기가 돌고 꽃이 피어난다.
말 그대로 물이 흐르고 꽃피는 수류화개水流花開다.

작년 9월에 중국의 후난성湖南省과 장시성江西省의 선종사찰을 1차로
돌면서 내내 맡았던 만리향萬里香이라 불리는 은목서 꽃향기가 잊히지 않
는다. 올해 3월 2차 순례 때 보았던 대륙을 노랗게 물들인 유채꽃밭의 잔
영도 쉬이 사라지지 않는다. 이제는 내 마음에 켜켜이 쌓여 향적香積이 된
것 같다. 문득 선종사찰 순례가 나의 영혼에 선의 향기를 묻히는 향적의
시간이었다는 생각도 든다. 몸에서 향기가 나는 부처가 향적여래香積如來
다. 지금의 나는 이웃에게 어떤 존재로 비춰지는지 궁금하다.

선종사찰 1, 2차 순례는 안국선원 선원장 수불 스님과 선원의 재가

불자들과 동행했다. 우리의 순례는 짙은 비구름 자락을 뚫고 마조 스님이 깨달음을 얻은 남악 형산의 마경대에서 출발하여, 복엄사에서 회양 선사와 혜사 선사를 참배하고, 남대사에서 석두 선사의 '초암가'를 듣는 순서로 시작했다.

위앙종의 발상지인 밀인사에 가서는 자애로운 면모의 위산 영우 선사의 가풍을 보았고, 앙산 혜적 선사의 행화도량인 서은사(앙산사)에서는 위앙종이 어떤 모습으로 융성했는지 살펴보았다. 그리고 선종의 황룡파와 양기파를 배출한 석상 초원 선사의 전법도량인 석상사에서는 선당에 들어 짧으나마 옛 사당의 향로같이 참선을 했고, 하루 일하지 않으면 하루 먹지 말라는 농선쌍수農禪雙修의 정신이 이어지고 있는 백장사에서는 백장 회해 선사의 법문이 서린 야호굴을 답사했고, 〈전심법요〉의 법향이 신록처럼 푸르른 황벽사에서는 황벽촌 사람들이 마을잔치를 하듯 음식을 만들어놓고 우리 순례 일행을 반갑게 맞아주어 그들의 불심에 감동하여 콧잔등이 시큰했다.

그뿐만 아니라 동산 양개 선사가 조동종을 개창한 보리사(동산사), 임제종의 법통을 이어 천하에 법을 떨치게 했던 양기 방회 선사의 주석처 보통사(양기사), 마조 대사가 '일면불 월면불日面佛 月面佛'의 공안을 남기고 열반한 보봉사, 조동종을 천하에 퍼지게 한 운거 도응 선사가 주석한 묵조선 도량 진여사(운거사), 2차 선종사찰 순례를 회향한 마조 대사의 행화도량이자 우리나라 조계종 종조 도의 국사가 법을 받은 우민사 등을 참배했다.

순례 일행과 달리 나만의 참배가 있었다면 우리 선조인 구법승들을 찾아 마음으로 향을 사르는 일이었다. 복엄사에서 회양선사의 제자인 신라승 본여本如와 현성玄晟을, 혜사 선사의 제자인 백제승 현광玄光을 그렸다. 밀인사 조당에서는 앙산 선사의 제자인 신라승 순지順支의 위패를 찾았고, 백장사에서는 신라승 안安 선사와 초超 선사를, 보리사의 동산 양개 선사 묘탑에서는 신라승 금장金藏을 보았고, 진여사에서는 운거 도응의 제자인 신라승 이엄利嚴의 영혼을 만났던 것이다.

돌이켜 보니 몇만 킬로미터가 넘는 대장정의 순례였다. 당송시대의 선승들 같으면 걸망을 메고 수십 년 혹은 한 평생 걸어야 할 거리였지만 나와 순례 일행은 비행기와 자동차를 이용해 1, 2차 순례를 아쉬운 대로 주어진 시간 안에 마쳤다. 이 또한 21세기 과학시대가 준 행운이 아닌가 싶다. 수불 스님의 말씀에 전적으로 동감한다.

"당송시대만 선의 황금기가 아니라 선의 정보와 지식이 넘쳐나는, 조사 선사들이 정진했던 절을 편안하게 찾아 참배할 수 있는 지금이야말로 선의 황금기라고 생각한다. 그런데도 공부를 게을리한다면 그 당시 공부하지 못해서 지옥에 간 분보다 더한 지옥에 가서 고통을 받을 것이다."

선종사찰을 순례하면서 단순히 유적지만 본 것이 아니라 옛 조사와 선사들의 기운을 느끼고 선어록에서만 만났던 그분들의 가풍을 공안의 현장에서 실감한 것도 순례의 발걸음을 뜻깊게 했다. 선사禪寺에 주석했던 옛 선지식을 참방하러 다닌 셈이었으므로 신심이 더욱 솟구쳤던 것이다.

또 하나 인상적인 것은 안국선원에서 공부하는 재가불자들과 순례하는 동안 발견한 사실인데, 부처님 시대와 마조 대사와 방거사, 황벽 선사와 배휴 등 중국의 당송시대에 보여주었던 스승과 제자 관계의 역사성을 안국선원에서 복원하고 있다는 점이었다. 스님과 신도라는 교단의 강고한 질서 안에서 믿음이 유지되는 틀이 아니라 스승과 제자가 행복하게 간화선을 체험하며 전등傳燈의 관계양식을 보여주고 있다는 사실은 한국불교의 미래를 밝게 하는 도도한 흐름이 되지 않을까 하는 전망도 하게 했다.

조사 선사들이 남긴 공안의 현장에서 수불 스님이 펼치는 야단법석의 법문을 들으며, 고요한 눈빛과 선정의 미소를 머금은 안국선원 재가불자들을 도반 삼아 강호제현의 후손後孫인 듯 조사 선사들의 기운이 서린 선종사찰들을 순례했던 지나간 순간들이 소중한 인연의 꽃으로 내 기억의 뜰에서 오랫동안 피고질 것 같다.

끝으로 '행복한 禪 여행'을 연재할 수 있도록 지면을 준 현대불교신문사에 감사드리고, 좋은 사진을 위해 고생한 유동영님, 중국 현지 안내를 맡아준 아제여행사 구광국님, 어려운 여건 속에서도 책을 공들여 편집해 준 미들하우스 이희선님에게도 고마움을 표하고 싶다. 특히 작가이기 이전에 불문에 든 불자로서 마음의 자유와 행복을 구하는 모든 이들에게 희망의 귀의처가 돼도 좋을 안국선원이 앞으로 더 큰 회상을 이루어 정법으로 나라를 편안케 하는 안국선사安國禪寺가 되기를 간절하게 기대해 본다.

남도산중 이불재에서

檗綠 정찬주 합장

차례

인도의 큰 선인의 마음을 동서에서 비밀히 전하고 받으니

사람에게는 둔하고 영리함이 있으나 도에는 남북의 조사가 없다.

마음의 근원은 맑고 맑으나 결가지가 가만히 가닥쳐 흐르니

현실에 집착하면 원래 미혹한 것이요, 이치에 계합하여도 깨달음이 아니다.

굽이굽이 온갖 경계는 바뀌치면서도 바뀌치지 않으니

바뀌쳐서 서로 엇갈리거나 제자리에 머문다.

(석두희천 선사의 참동계 중에서)

"일체 존재와 무관한 사람은 누구입니까."

"서강의 물을 한입에 다 마셔 버리면 그때 가르쳐 주지."

이때 방거사는 크게 깨닫고 오도송을 지었다.

시방이 다 한자리에 모여

각기 무위를 닦고 있구나

이 자리 바로 부처 뽑는 곳

마음 비우고 급제해 돌아가네.

十方同一會 各各學無爲

此是選佛場 心空及第歸

중국 강호江湖 선사禪寺 약도
신쟝성 新疆省
간쑤성 甘肅省
내몽골 內蒙古
칭하이성 靑海省
링샤성 寧夏省
티벳 西藏
쓰촨성 四川省
충칭성 重慶省
구이저우성 貴州省
윈난성 雲南省

헤이룽장성
黑龍江省
하얼빈
哈尔滨
창춘
長春
지린성
吉林省
선양
瀋陽
랴오닝성
遼寧省
허베이성
河北省
베이징北京
톈진天津
스좌좡
石家庄
황하
黃河
산시성
山西省
지난
濟南
산둥성
山東省
정저우
鄭州
허난성
河南省
장쑤성
江蘇省
안후이성
安徽省
난징
南京
허페이
合肥
상하이
上海
후베이성
湖北省
창장(양쯔강)
長江
우한
武漢
항저우
抗州
둥팅호
洞庭湖
포양호鄱陽湖
저장성
浙江省
닝시앙
寧鄉
융시우 永修
징안靖安
난창南昌
퉁구銅鼓
이펑宜豊
창사
長沙
리우양瀏陽
이춘宜春
후난성
湖南省
핑시앙萍鄉
헝양衡陽
깐장(＝西江)
贛江(감강)
장시성江西省
푸저우福州
푸젠성福建省
광시성
廣西省
광둥성
廣東省
광저우廣州
마카오澳門
홍콩香港
진여사(운거사)
보봉사(마조)
우민사(마조)
백장사
황벽사, 보리사(동산사)
석상사
서은사(앙산사)
보통사(양기사)
남악탑, 마경대(마조)
복엄사(회양), 남대사(석두)
밀인사(위산)
스(市)
씨엔(縣)

중국 선종 5가 7종 법계도와 구산선문 관계도

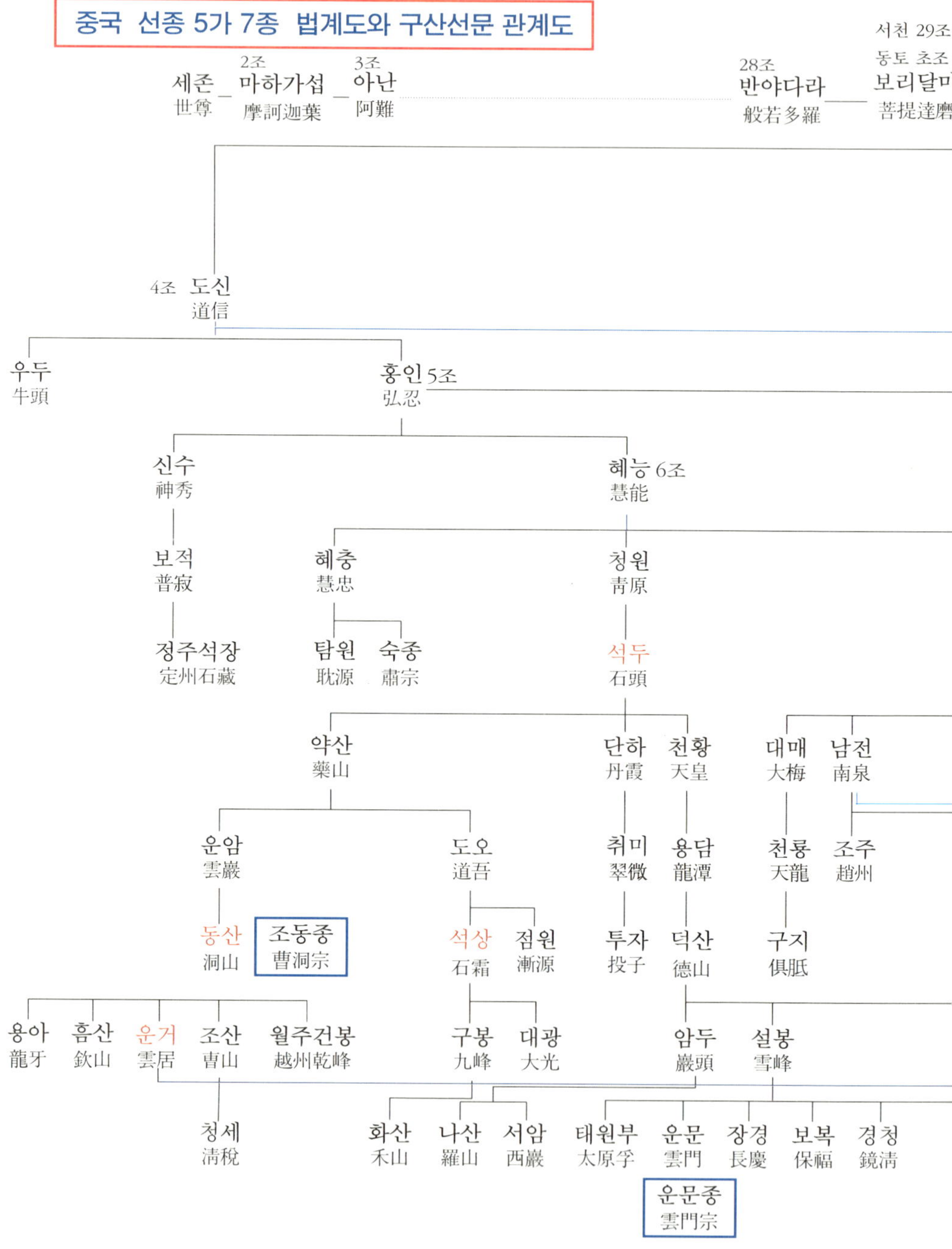

* 참고자료: 선학사전(平樂社書店), 〈선의 사상과 역사〉(야나기다 세이잔, 민족사), 이외 다수 논문
* 붉은색 글자는 이책에서 순례한 선사

2조 혜가 慧可 — 3조 승찬 僧璨

도의道義-가지산문-전남 장흥 보림사
홍척洪陟-실상산문-전북 남원 실상사
혜철惠哲-동리산문-전남 곡성 태안사
현욱玄昱-봉림산문-경남 창원 봉림사
도윤道允-사자산문-강원 영월 흥녕사(현 법흥사)
범일梵日-사굴산문-강원 강릉 굴산사
무염無染-성주산문-충남 보령 성주사
도헌道憲-희양산문-경북 분경 봉암사
이엄利嚴-수미산문-황해 해주 광조사

법랑 法朗 — 신행 愼行 — 준범 遵範 — 혜은 惠隱

지선 智詵 — 처적 處寂 — 무상 無相

남악 南岳 — 마조 馬祖

오구 烏臼 / 반산 盤山 / 금우 金牛 / 서당 西堂 / 장경 章敬 / 마곡 麻谷 / 귀종 歸宗 / 염관 塩官 / 백장 百丈 / 방온 龐蘊

장사 長沙 / 육환대부 陸亘大夫 / 오봉 五峰 / 황벽 黃檗 / 열반 涅槃 / 위산 潙山 / 서원 西院

위앙종 潙仰宗

목주 睦州 / 임제 臨濟 / 임제종 臨濟宗 / 앙산 仰山 / 향엄 香嚴 / 신조 神照

감담 感潭 / 진조 陳操 / 흥화 興化 / 보수 寶壽 / 삼성 三聖 / 동봉암주 桐峰庵主 / 정상좌 定上座 / 서탑 西塔 / 남탑 南塔 / 유철마 劉鐵磨

취암 翠巖 / 현사 玄沙 / 백조 白兆 / 보응 寶應 / 서원 西院 / 자복 資福 / 파초 芭蕉

나한 羅漢

법안종 法眼宗 / 법안 法眼

보응 寶應 — 풍혈 風穴 — 수산 首山 — 분양 汾陽 — 석상 石霜

양기 楊岐 / 양기파 楊岐派
황룡 黃龍 / 황룡파 黃龍派

과학 시대에 한국불교는 무엇인가?

비구름이 남악 형산의 산허리를 감고 있다. 그 기세는 순례자들에게 천 년 전 형산의 일을 보여주지 않을 것처럼 도도하기까지 하다. 선승들이 깨달음의 문턱에서 은밀하게 주고받는 대화를 밀어密語라고 했던가. 만 리 길을 떠난 순례자들은 폭포처럼 격렬하고 봄볕과 같이 따사한 선사들의 밀어와 조우하면서 신심을 낸다. 결코 물러서지 않는 정진의 힘을 받는다. 옛 선사를 만나 스스로 제자 되기를 청하고 어리석음의 허물을 벗는다. 그래서 순례자들은 깨달음의 꽃이 던져진 구도의 길을 쉬지 않고 걷는 것이리라.

형산의 정수리, 축융봉으로 난 산길은 직립한 삼나무 숲 사이로 흐릿하다. 미니버스가 가파른 산길을 힘센 수고우水牯牛처럼 기세 좋게 오른다. 비구름이 한사코 눈앞을 가리며 막아서지만 문명의 이기利器는 아랑

곳하지 않는다.

　문득, 고요한 형산으로 오기 전에 들렀던 상해의 시가지가 떠오른다. 상해에서 하룻밤 머물며 보았던 상해엑스포의 잔상이 쉽게 가시지 않는다. 엑스포란 인류가 이룩한 과학문명의 성과를 함께 즐기려고 모인 화려한 축전이 아닐까. 참가한 나라마다 과학 시대를 자축하고 뽐내듯 현란한 축포를 쏘아 올리고 있는 것이다.

　한국관에서 중국관으로 이동하는 중이었다. 갑자기 소나기가 쏟아졌다. 안국선원 순례자 일행은 당황하지 않고 비를 피해 차분하게 벤치에 앉았다. 바로 예정에 없던 수불 스님의 야외법석이 펼쳐졌다. 주제는 정해진 바 없었으나 자연스럽게 '과학 시대에 한국불교는 무엇인가?'로 흘렀다. 스님의 법문을 듣는 동안 나는 무례한 상해의 소낙비를 오히려 고마워했다. 일찍이 미래의 종교는 불교가 될 것이라고 단언한 천재 물리학자 아인슈타인의 '불교 찬가'도 다시 음미했다.

　'미래의 종교는 우주적인 종교가 될 것이다. 그것은 인간적인 하느님을 초월하고, 교리나 신학을 넘어서는 것이어야 한다. 그것은 자연의 세계와 정신적인 세계를 모두 포함하면서, 자연과 정신 모두의 경험에서 나오는 종교적인 감각에 기초를 둔 것이어야 한다. 불교가 이런 요구를 만족하게 하는 대답이다. 만일 현대과학의 요구에 부합하는 종교가 있다면 그것은 불교가 될 것이다.'

　지구별은 물론이고 광대무변한 삼천대천세계를 말하는 불교야말로 당연히 우주적인 종교인 것이 분명하지 않은가. 인간의 사고가 만든 신과 교리와 신학을 초월하는, 즉 말씀의 피동적인 세계가 아닌 깨달음의 능동적인 세계를 모색하는 종교는 불교밖에 없지 않은가. 자연과 정신의 세계를 연기緣起로 이해하면서 질량불변의 법칙 같은 인과因果를 얘기하는 종교 역시 불교밖에 없지 않은가. 아인슈타인은 이와 같은 불법의 뛰어난 가치를 고도의 엄정한 사유를 통해 발견해냈던 것이다.

안국선원 선원장 수불 스님은 불교와 과학의 관계부터 준비해온 원고 없이 자연스럽게 얘기했다.

"엑스포 현장에서 보듯 과학은 굉장한 발견을 해왔고, 우리는 그 힘을 직간접적으로 받는 처지에 놓였고, 변화를 느끼고 있는 거지요. 종교든 철학이든 과학이든 학문이든 사람들을 행복하게 하려는 것인데 욕심들이 꽉 차 전쟁이 나고 인간의 삶이 불행해지고 그래요. 그러나 불교는 미래에도 행복한 가치관을 찾아주고 인류를 안정시키는 희망의 메시지를 계속 전해줄 겁니다. 과학은 우리에게 희망과 불행을 함께 주고 있지만, 일찍이 불법은 인류의 희망과 자유와 행복의 근거를 제시했으니까요. 홀로 빼어난 가치를 깨닫고 세상에 알린 거지요. 그래서 부처님이 성인이고 위대한 겁니다. 우리는 아직도 그것을 못 느끼고 있어요. 이천 육백년 전에 이미 눈뜨게 해줄 방법을 드러냈는데도 말입니다."

스님은 부처님이 깨달은 행복한 삶의 대안과 가치를 가장 빨리 사무치게 체험하는 방편이 선禪이라고 결론지었다. 그러면서 한국불교 현실과 맹점을 조심스럽게 진단했다.

"부처님이 깨달음의 문을 열어놓았으니 우리는 그것을 받아들이면 되는 거고, 나아가 또 다른 사람에게 깨달음을 문을 열게 해준다면 그 이상 좋은 게 어디 있겠습니까. 누구라도 자유를 맛보고 평화롭고 행복하게 해줘야 하는 거지요. 자기만 눈뜨는 게 아니라 더불어 눈뜨게 하는 데 의의가 있는 겁니다. 그렇지 않다면 좁은데 빠져서 허우적거리는 소승적 공부지요. 이제는 우리 수행자들도 자기가 눈뜬 수행방법을 남한테도 정확하게 제시하여 눈뜨게 해야 합니다."

스님은 깨달은 수행자가 깨달음에 이르는 수행방법을 제시하지 못한다면 그것도 비극이라고 말했다. 삶의 질이 엄청나게 변화하고 있는 속도의 과학시대에 간화선을 지향하는 한국불교가 '눈뜨는 방법론'을 전광석화처럼 빠르게 혹은 효과적으로 제시하지 못한다면 자기도피이거나 허망한 은둔에 빠질 거라고 걱정했다. 우리가 선방 수행자들에게 흔히 들었던 '평생 화두를 든다.'라는 비장한 얘기와는 사뭇 달랐다. 안국선원의 간화선 체험은 누구라도 때와 장소를 가리지 않고 이뤄질 수 있는 일상의 행복일 뿐이었다.

안국선원 순례자들이 당송시대 선사들이 정진했던 선종사찰을 지금 찾아가는 그 이유는 '한국불교가 오늘 무엇을 해야 하는가?'를 온몸으로 느끼고자 함인 것 같았다. 당송시대에는 출가자나 재가자 구분 없이 깨달음의 경계에서 선지식과 인연 지어가는 '눈뜨는 방법론'의 제시와 실천이 가장 활발했던 것이다. 그래서 우리는 조사선, 간화선, 묵조선이 풍미했던 그 시기를 선의 황금시대라고 부를 터였다.

남악탑을 참배하는 스님들 사이로 보이는 배휴 거사의 친필 '최승륜탑'.

비구름 속을 뚫고 올라 마침내 도착한 남악탑은 상서로운 기운이 가득했다.

그대는 지금 어디에서 오는 길인가?

선종 7조 남악탑

남악 회양 선사

미니버스는 회양 선사가 마조를 깨우치려고 기왓장으로 거울을 만들
겠다고 갈았던 마경대磨鏡臺 광장에서 멈춘다. 버스에서 내리자 비구름이
먼저 순례자들을 맞이한다. 미세한 물방울들이 긴 띠를 이루어 하늘의 옷
자락처럼 너울거린다.

순례자 일행은 수불 스님, 각정 스님, 법일 스님을 따라 비구름 속으
로 스며든다. 남악 회양 선사 묘탑은 뜻밖에 마경대 광장 입구인 척발봉
산자락에 있다. 묘탑의 정식 명칭은 '선종 7조 회양 대혜 선사 탑禪宗七祖
懷讓大慧禪師塔'이고, 줄여서 부를 때는 '남악탑'이라고 한다. 그러나 묘탑
정면 기단에는 당나라 재상이자 황벽 선사의 법제자였던 배휴裵休거사의
글씨로 '최승륜탑最勝輪塔'이라고 음각해 놓았다. 최승륜탑이란 '가장 수
승한 진리의 탑'이란 뜻이리라. 회양 선사의 법향法香이 묘탑 주위에 가득

하여 순례자들을 감동하게 하는 느낌이다.

수불 스님과 신도회장 무량심 보살님이 감개무량한 표정을 짓는다. 20여 년 전에 한 번 온 적이 있는데, 탑이 훼손되지 않고 원형 그대로 보존되고 있다며 안도하는 기색이 역력하다. 묘탑은 이곳 형산에서 회양 선사가 입적했다는 증거도 된다. 그러니 2층 묘탑 안에 남악 회양 선사의 일생이 침묵의 언어로 담겨 있는 셈이다. 순례자는 사진만 찍고 가는 관광객과 다르다. 회양 선사가 남긴 침묵의 소리를 듣는다.

〈전등록〉 제3권은 남악 회양 선사에 대하여 다음과 같이 기록하고 있다.

'6조의 법을 이었고 남악에서 살았다. 속성은 두杜씨이며 금주(金州; 산시성陝西省 안강) 사람이었다. 처음 태어날 때, 여섯 가닥의 서기가 하늘로 뻗치더니 의봉 2년(677) 4월 초파일에 태어났다.'

부처님과 탄생일이 같음은 불연이 깊다는 것을 시사한다. 실제로 선종 7조 조사가 됐으니 부처님의 후예다.

'15세까지 오직 불경만을 좋아하였는데 때마침 지나던 삼장법사 현정玄靜이 소년 양讓의 부모에게 일렀다.

"이 아이는 출가하여 최상승의 법을 얻어 지극히 미묘한 경지에 이를 것이며, 불법의 이치를 터득할 것이오."

양은 15세에 부모의 허락을 받고 형주(荊州; 후베이성湖北省 당양) 옥천사로 가서 홍경弘經 율사를 은사로 삼아 출가했다. 은사 시봉하기를 8년이 지나니 회양懷讓이란 법명을 주었다.'

그러나 은사 밑에서 계율을 공부하던 회양은 스스로 탄식하게 된다.

"계를 받고 다섯 해가 지나는 동안 위의威儀를 널리 배워 겉모양은점

잖아졌으나 진리는 배우려 해도 깨달을 길이 없구나. 출가한 이는 무위無
爲의 법을 얻어야 하늘과 인간세상에서 이길 이가 없으리라.”

옆에서 듣고 있던 탄연坦然도 회양의 탄식에 동조했다. 두 사람은 여
러 선지식을 찾아뵙고자 만행을 떠났다. 이윽고 숭산 안安 화상에게 갔
다. 탄연이 먼저 안 화상에게 ‘조사가 서쪽에서 오신 뜻’을 묻는 자리에서
‘자기 뜻은 묻지 않고 왜 조사가 온 뜻만 묻는가.’라는 꾸짖음에 바로 깨
닫고 안 화상을 섬기었다.

그러나 회양은 숭산에 머물지 않고 남쪽 천 리 밖의 조계(曹溪; 광둥성
廣東省 샤오관韶關)로 내려가 육조 혜능 선사에게 의지했다.

“그대는 지금 어디에서 오는 길인가?”

“숭산에서 화상께 예배하러 왔습니다.”

“무슨 물건이 이렇게 왔는가?”

“설령 한 물건이라고 말해도 맞지 않습니다.”

회양은 육조 혜능 선사 곁에서 시봉하기를 12년이 지난 뒤에야 하직
하려 했다. 그때 육조가 물었다.

“한 물건이라 해도 맞지 않는다고 말했지. 그렇다면 그것을 닦아 증
득할 수 있는가?”

“닦아 증득하는 일이 없지는 않으나 더럽힐 수는 없습니다.”

성정이 온화하여 시비하기를 싫어하는 회양이 스승에게 ‘더럽힐 수
없다.’라고 단언한 것은 일찍이 얻고자 했던 조작이 없는 ‘무위의 법’을
체득했음을 뜻하지 않을까. 이 무위의 법은 훗날 제자 마조의 ‘평상심이
도平常心是道’로 일상의 삶과 좀 더 친밀하게 계승하고 있는 것이다.

“그 더럽힐 수 없는 것이 부처님들께서 염려하여 보호하시는 바이니,

그대도 그렇고 나도 그러하니라."

회양이 조계를 떠난 것은 당 현종 선천 2년(713)의 일이었다. 조계를 떠난 회양은 남악 형산 반야사(현 복엄사)로 와 31년 동안 주지와 방장 스님으로서 주석하면서 자상한 방편과 겸양의 덕으로 마조 도일馬祖道一이라는 불세출의 제자를 길러냈던 것이다.

그뿐만 아니다. 회양 선사의 여러 제자 중에는 신라승 본여本如와 현성玄晟도 있었다. 신라에서 건너온 그들도 마조와 함께 수행한 동문이었다. 아쉬운 대목은 그들의 구도 행적이 더는 밝혀지고 있지 않은 점이다. 남악에서 입적했다는 기록도 없고 신라 땅에서 교화를 펼쳤다는 기록도 전혀 없다. 가을바람에 뒹굴다 사라져버린 가랑잎처럼 철저하게 종적을 감추고 산, 후학들의 입에 오르내리기를 바라지 않던 무생無生의 선승들이었는지도 모른다.

순례 일행 맨 끝에서 탑돌이하고 계단을 내려서는데, 홀연히 발걸음을 멈추게 하는 소리가 들린다. 육조 혜능 선사의 목소리다.

'그대는 지금 어디서 오는 길인가?'

본래 면목을 묻는 사자후다. '귓속의 귀'로 들어야만 머리통에 번갯불이 일어나는, 눈이 멀어 그대로 주저앉게 하는 은산철벽의 활구活句라는 것을 깨닫는다. 안 화상 곁을 떠난 회양이 오랫동안 육조를 시봉한 까닭이 바로 그 물음에 있었다는 것을 깨닫는다. 회양의 발길을 붙잡아놓고 결국 깨달음에 이르게 한 육조 혜능 선사의 위력이 새삼 실감이 난다. 조사선祖師禪이란 선지식과 동고동락하는 동안 시절 인연이 찾아와 꽃 한 송이 피어나듯 영혼을 활짝 개화시키는 경이가 아닐까 싶다.

나는 끝내 천 년 전 이곳을 거닐었던 신라승 본여 선사와 현성 선사를 향해 합장을 한 번 더 하고 나서야 남악탑 계단을 내리밟는다. 비구름은 여전히 형산의 모든 유무정물들을 촉촉하게 감싸고 있다. 문득 신라에서 온 두 분 선사의 영혼이 따듯하게 감지된다.

이끼긴 마경대 표지석 옆에서 감회에 젖은 수불 스님.

소를 다그쳐야겠는가, 수레를 다그쳐야겠는가?

마경대

마조 도일 선사

　　비구름이 비안개로 바뀌어 얼굴을 적신다. 그러나 순례자들은 우산을 펴지 않는다. 허공에서 떨어지는 한 점의 빗방울도 느끼는 자의 것이라 했다. 순례자는 무정無情의 비 한 방울도 인연으로 받아들이기에 법우法雨가 된다. 그렇다. 눈앞에 한가득 펼쳐진 진리도 깨달아 받아들이는 자의 것일 터이다.

　　마경대磨鏡臺 가는 산길은 물보라 피어오르는 강의 발원지 같다. 비구름이 은빛의 물보라이듯 산길을 그윽하게 채우고 있다. 산길을 거슬러 오르는 순례자들의 걸음걸이는 펄떡이는 물고기처럼 활발발하다. 형산에 올라 남악탑을 참배한 뒤부터 이미 세속의 잡사雜事는 잊어버렸다.

　　순례자들의 눈은 선정의 고요가 가득하고 입가에는 행복한 미소가 어려 있다. 마치 지금 이 순간만큼은 나한전에서 외출한 아라한들이 형산의 산길을 걷고 있는 것 같다. 눈의 고요와 입가의 미소는 엇비슷하지만 살아온 인생의 빛깔은 다 다르다. 순례자 일행 중 최고령자 여래지 보살은 젊은 시절 여배우로 활동했고, 정진 길에 들어선 삼십 대 보현심 보살은 최연소자다. 스님, 시인, 교수, 학자, 사업가, 가정주부 등 여러 계층이 어우러져 오케스트라 연주자와 같은 자기 개성이 분명한 순례자들이다. 마경대에 먼저 도착한 누군가가 감격스런 목소리로 소리친다.

"마경대가 여기 있습니다!"

온종일 좌선만 하는 마조 도일을 깨닫게 하려고 남악 회양이 기왓장 벽돌을 갈았다는 바로 그 자리 마경대다. 반석은 2평 남짓한 크기로 10도쯤 경사가 졌다. 반석 끝은 낭떠러지다. 졸다가는 낭떠러지 저편으로 곤두박질을 칠 것만 같다. 회양은 마조의 고지식한 좌선을 안타깝고 한심하게 보았겠지만 마조의 입장에서는 백척간두 진일보하는 절박한 심정이었을 것이다. 현장을 보니 젊은 마조의 심정이 단박에 느껴진다. 비구름의 습기와 비안개에 젖은 반석은 미끄럽기조차 하다. 정신을 바짝 차리지 않고서는 치명상을 입을 수도 있는 위치다.

그때 회양은 반야사현 복엄사 방장 스님으로 많은 대중을 가르치고 있었고, 마조는 한주(漢州; 쓰촨성四川省 스팡시什邡市) 나한사羅漢寺에서 장강을 타고 내려와 반야사 산내암자인 전법원傳法院에 머물고 있었다고 한다.

반석에는 조원祖源이란 글씨가 붉게 음각돼 있다. 조사의 근원, 혹은 조사선의 발원지를 잊지 말자는 뜻으로 형산의 수행승이 새겼을 것이다. 중국의 선승들뿐만이 아니다. 한반도에서 온 순례자들의 눈에도 조원이란 의미는 각별하고 심장하다. 통일신라 구산선문九山禪門 가운데 무려 여

덟 문이 아래와 같이 마조의 문하에서 흘러와 개창된 까닭이다.

　①실상선문; 마조도일-서당지장-홍척 실상사

　②동리선문; 마조도일-서당지장-혜철 태안사

　③가지선문; 마조도일-서당지장-도의 보림사

　④봉림선문; 마조도일-장경회휘-현욱 봉림사

　⑤성주선문; 마조도일-마곡보철-무염 성주사

　⑥사자선문; 마조도일-남전보원-도윤 흥녕사

　⑦사굴선문; 마조도일-염관제안-범일 굴산사

　⑧희양선문; 마조도일-창주신감-도헌 봉암사

더구나 화강암 반석에는 불을 일으키는 흰 빛깔의 부싯돌(규석) 두 줄기가 조祖자에 선명하게, 또 한 줄기가 원源자에 희미하게 드러나 있다. 마치 선풍을 일으키는 빛살이 중생계를 향해 뻗어 있는 느낌이다. 수불 스님이 먼저 발견하고 상징 삼아 말씀하신다.

"가장 굵은 줄기는 마조선이 백장 스님에게서 황벽과 임제로 이어진 임제종 같고, 조금 가는 줄기는 서당 스님과 남전 스님으로 뻗어간 법맥 같고, 희미한 줄기는 백장 스님에게서 위산과 앙산으로 이어졌다가 쇠퇴한 위앙종 같습니다."

스님은 마경대로 내려서며 기운이 약동하는 곳이니 좋은 기운을 더 많이 느껴야 한다며 순례자들에게 한동안 머물다 가기를 권유한다. 광산업을 하여 광맥에 일가견이 있는 금천 거사도 '규석이 겉으로 드러난 것은 뿌리에 큰 규석 덩어리가 있다는 방증'이라고 거든다. 그만큼 이 바위에서 센 기운이 나온다는 것이다. 마경대로 내려서 표지석 뒷면 비문을 보니 이른바 공안이 된 마전작경磨磚作鏡의 사연이 새겨져 있다. 〈마조록〉의 내용과 비슷하지만, 훗날의 순례자를 위해 우리말로 대략 옮겨본다.

〈상전相傳: 대대로 전함에 의하면 당나라 때 촉(蜀; 쓰촨성四川省)의 스님 도일이 남악에서 수행하였다. 그는 종일 이 바위 위에서 좌선하고 경經을 외고 있었다. 그때 복엄사에 주석하던 회양이 이 광경을 보고 곧 그에게 말하였다.

"그대는 종일 앉아서 무엇을 하는가?"

도일이 말하였다.

"부처가 되려고 합니다."

회양이 바로 이끼 낀 기왓장 하나를 들고 와서는 좌선을 하는 도일 옆에서 바위에 소리가 나게 간바, 이로써 그를 깨우쳐 주고자 하였다.

도일이 곧 물었다.

"도대체 기왓장을 갈아서 무엇하려하십니까?"

회양이 대답하였다.

"거울을 만들려고 하네."

도일이 말하였다.

"기왓장을 갈아서 어떻게 거울을 만들 수 있다는 겁니까?"

"기왓장을 갈아서 거울을 만들 수 없는데 좌선해서 어떻게 부처가 된다는 것인가?"

도일이 곧 깨닫고는 남악 회양께 절하고 스승으로 모셨다. 이로부터 후인들이 이 바위를 가리켜 '마경대磨鏡臺'라 부르고, 바위 위쪽에 석두가 '조원祖源'이라 새겨서 회양을 기념하게 하였으며, 도일의 불법이 여기서 비롯되었음을 나타내었다.〉 그런데 마경대로 내려선 수불 스님은 석두

마경대 반석에 조원(祖源)이란 글씨와 흰 부싯돌 줄기가 선명하다.

희천이 '조원'을 새겼다 는 것은 신빙성이 약하다고 고개를 저었다.

"남악에서 석두 스님의 위치가 어느 정돈데 직접 새기겠어요. 석두 스님은 마조 스님보다 연세도 아홉 살이나 많았어요. 석두 스님의 후손 중 누군가가 썼는지 알 수는 없지만 그런 경우는 있겠지요. 그런데 조사선의 발원지라는 마경대가 너무 허술해요. 부끄럽고 미안하기도 하고 좀 안타깝네요. 성역화 기회가 주어진다면 안국선원에서 일조하고 싶네요."

한편, 비문에는 회양이 마조를 깨우치는, 자신을 되돌아보게 하는 회광반조의 장면이 빠져 있다. 기승전결起承轉結의 소설이라면 앞부분만 있고 뒷부분이 없다. 〈마조록〉에서 뒷부분을 보충하자면 다음과 같다.

〈도일이 물었다.

"어찌해야 합니까?"

"소가 수레를 끌고 가는데, 만일 수레가 움직이지 않는다면 소를 다그쳐야겠는가, 아니면 수레를 다그쳐야겠는가?"

회양이 다시 말했다.

"그대가 지금 좌선을 익히고 있는 것인지, 좌불을 익히고 있는 것인지 도대체 알 수가 없네. 혹시 좌선을 익히는 중이라면, 선禪이란 결코 앉아 있는 것이 아니며, 혹시 그대가 좌불을 익히는 중이라면, 부처는 원래 정해진 형상이 없다는 사실을 명심하게. 머무르지 않는 법을 놓고 취사선택해서는 안 되네. 그대가 혹 좌불을 익히는 중이라면 그것은 곧 부처를 죽이는 행위와 다름없네. 보잘것없는 앉음새에 휘둘리게 되면 정작 깊은 이치에 이를 수가 없는 법이네."

도일은 환희심이 솟구쳤다. 그는 바로 회양에게 큰절을 올리고 나서 다시 물었다.

"마음가짐을 어떻게 하면 무상삼매無相三昧에 이를 수 있습니까?"

"그대가 지금 심지법문을 익히고 있는 것은 마치 스스로 씨를 뿌리는 것과 같고, 내가 그 법을 얘기하고 있는 것은 마치 하늘이 내려주는 단비와도 같은 것이네. 그대에게 이미 기연機緣이 닿아 있으므로 꼭 도道를 보게 될 것이네."

"도는 원래 형상이 없다는데, 어떻게 제가 그것을 볼 수가 있다는 말입니까?"

"눈 속의 눈(心地法眼)으로 도를 보게 되지. 무상삼매도 마찬가지네."

"거기에도 성주괴공成住壞空이 있습니까?"

“변화의 개념으로 도를 보려 한다면 도는 결코 보이지 않네. 나의 게송을 들어보게.”

마음 땅이 품은 여러 씨앗은
단비 올 때 하나같이 싹트네.
삼매의 꽃 원래 형상 없으니
피고 짐이 또다시 있을까.
心地含諸種 遇澤悉開萌
三昧華無相 何壞復何成

이때 도일은 문득 개오하고 마음이 초연해졌다. 이후 그는 회양을 10년 시봉하니 나날이 그윽하고 깊어졌다.〉

마경대를 떠나며 수불 스님이 상상으로 접근할 수밖에는 없는 〈마조록〉의 행간을 짚는다.

“마조 스님이 전법원에 머무는 동안 산책하면서 여기 바위에서 좌선도 하고, 혼자서 시간을 보냈을 겁니다. 대중이 많은 데서 만날 앉아 있어봐야 방해만 되니까 산비탈 바위를 찾은 거지요. 반면에 회양 스님은 특이하게 생긴 마조 스님을 눈여겨봤을 겁니다. 저놈이 뭐 하는지 뒤따라 가보기도 했을 거고요. 그러다가 한번 방편을 뽑아 썼는데 그대로 꽂혀서 깨달음에 들어간 거지요. 깨닫게 할 적에는 수단이 아주 격렬할 수도 있고, 순하게 작용할 때도 있어요. 바람이 어떤 식으로 불지는 눈 밝은 사람이라야 아는 거지 눈 어두운 사람은 알 수 없어요.”

마조의 특이한 외모는 〈마조록〉에도 ‘생김이 예사롭지 않았다. 소처럼 느리게 걷고, 눈빛은 호랑이처럼 예리하였다. 혀가 코를 덮을 만큼 길었고, 발바닥에는 두 개의 바퀴 무늬가 있었다.'라고 나온다. 그런데 나는 자꾸 회양의 자애로운 성품이 마음에 와 닿는다. 마조를 깨우쳐 주려고 헌 기왓장을 들고서 저 바위에 갈아댄 방편이 눈물겨운 것이다. 그 순간 스승과 제자의 마음인 양 부싯돌과 기왓장이 부딪쳐 섬광이 일지 않았을까. 편견과 타성에 젖은 제자를 위해서 고함치거나 몽둥이질했을 법한데도 회양은 젊은 마조가 상처받을까 봐 아무 말 없이 기왓장을 갈아댄 것이다. 자비의 화신이 아닐까도 싶다. 부모가 일찍이 온화하고 양보하기를 좋아한다 하여 그의 이름을 양讓이라고 지은 사실만 봐도 회양의 자비로움은 타고난 천품天稟인 것 같다. 옆에서 걷던 은암 김성부 시인이 〈마경대에서〉라는 즉흥시를 두런두런 읊조린다.

'마경대' 표지석, '조원'이 음각된 암반 위
천 년 세월 같은 안개비가 내리고 있다.
합장하여 예를 올리고 솔잎 날리는 바위를 손으로 쓸며
축융봉 산허리를 감고 청솔가지 흔들며 내리는
조사의 법음을 경건하게 듣는다.
마경대 오르는 길이 높고 험하였지만
옛 선사의 법석에 늦을세라 서둘러 온 길,
남악회양 선사의 묘탑을 참배하며
마음에 담았던 생생한 가르침
긴 세월 그때 그대로
형산 숲 벼랑 끝 마경대 도량 지키고 있다.

이제 '남악마전의 기연'을 바라지는 말자.

남악 형산 오르듯 간절히 선지식 찾아 깨달음 얻으면

'평상심이 도'임을 절로 알리니,

마경대에 무릎 꿇고

미련한 소 몰아칠 채찍 찾지 않아도

솔바람 불어 형산에 쉬 오르려니.

나에게도 기왓장을 갈아주는 내 마음의 스승 회양이 있는지 문득 상념에 잠겨본다. 어느새 마경대는 비구름 속에 멀어지고 있다. 회양이 방장으로 주석했던 복엄사가 바로 눈앞에 있다. 학인이 도를 묻자, 선사가 눈앞에 길이 있다고 일갈했다.

복엄사 스님들의 예불. 큰 목탁을 두드리는 것이 인상적이다.

인연을 말하려고 하니 창자가 끊어지려 한다

복엄사

산문 중앙에 천하법원天下法院이라고 쓰여 있다. 천하란 중국 중심의 사고로서 중국 땅을 말한다. 그러나 하늘 아래의 나라가 어찌 중국뿐일 것인가. 과장이긴 하지만 중국 불법이 발원한 복엄사福嚴寺라는 뜻이다. 이 도량의 문턱을 백제승 현광玄光과 신라승 본여와 현성도 드나들었으니 그분들의 뒤를 쫓아 오늘은 내가 넘는바 분명히 불연佛緣이 깊다. 나는 비행기로 편히 왔지만, 그분들은 어떻게 이곳 복엄사까지 왔을까.

신라 사신들은 중국을 오는 데 대부분 두 개의 행로를 이용했다고 한다. 경주에서 남양만 당은포에 도착하고 나서 배를 타고 산둥반도의 등주登州에서 내려 장안으로 가는 행로와 경주에서 영산강 회진까지 가서 배편으로 장강 하류의 양주揚州나 수운교통의 요지인 초주楚州에서 하선한 뒤 장안으로 들어가는 행로가 그것이었다. 구법승들은 견당사遣唐使 배를 탔는데 무임승선은 아니었던 것 같다. 배를 탄 뒤에도 무사 항해를 위해서 기도하는 중요한 역할을 맡았던 것이다. 견당사는 대사 등의 관리와 경비병인 궁사, 항해사인 해사, 노 젓는 방인榜人, 점치는 복인卜人, 유학생, 구법승 등 수십 혹은 수백 명으로 구성되었다고 한다. 왕족출신의 구법승들은 견당사에 쉽게 끼었지만, 신분이 일천한 구법승들은 어려움이 많았던 듯하다. 진감 혜소 스님은 노 젓는 방인을 자청하여 겨우 입당했던 것이다.

산문 좌우에 쓰인 육조고찰六祖古刹, 칠조도량七祖道場이란 글씨가 복엄사의 역사성을 한 마디로 설명해주고 있다. 육조 혜능대사의 법이 남악회양으로 이어진 도량이 복엄사다. 회양의 제자 마조에서 태동한 마조선馬祖禪이 백장에서 황벽으로 흘러가 임제가 임제종을 이루고, 백장에서 위산으로 흘러가 앙산이 위앙종을 이루게 된 것이다.

복엄사는 가람들이 산문, 지객청, 악신전岳神殿, 대웅보전, 조당祖堂 순서로 배열돼 있다. 악신전에는 남악신인 남악성제南嶽聖帝가 봉안되어 있는데, 우리로 치자면 산신각의 의미를 띠고 있다. 악신전이 우리나라 산신각보다 규모가 훨씬 더 크고 대웅보전 바로 앞에 자리한 것으로 보아 부처님과 남악신이 호형호제하며 동거하는 느낌이다.

마침 복엄사 대중 스님들이 대웅보전에서 저녁예불을 시작하고 있다. 상호가 우리나라 부처님과 흡사한 낯익은 삼존불이다. 가운데가 석가모니불이고 좌측이 아미타불, 우측이 약사불이다. 순례자 일행은 중국 스님과 사전에 약속하지 않았으므로 예불에 동참하지 못하고 법당 밖에서 합장만 하고 조당으로 향한다.

조당 안에는 복엄사에 주석했던 역대 조사의 위패가 세워져 있다. 여

섯 위패 위에는 개산조사開山祖師인 혜사慧思와 개법조사開法祖師인 회양
의 영정이 걸려 있다. 최근에 그려진 영정 같은데 회양의 자비롭고 온화
한 성품과 왠지 어울리지 않는 것 같다. 위로 올라간 눈썹과 날카로운 콧
날이 강골의 장수 같다. 정수리가 튀어나온 혜사는 천태종 개조인 천태지
의 대사의 스승이기도 하다.

그런데 내가 복엄사 조당에 관심이 있는 까닭은 혜사의 제자가 된 백
제 위덕왕 때의 승려 현광의 자취 때문이다. 현광의 영정이 〈송고승전〉에
남악혜사 영당의 28분 가운데 한 분으로, 또한 국청사 조사당에도 현광
의 영정이 모셔져 있다는데, 지금 참배하는 복엄사 조당에는 없다. 혜사
선사가 입적하기 10년 전에, 진陣나라 광대光大 원년(567)에 남악으로 와
남악 최초의 절인 반야사현 복엄사를 창건하고, 이후 백제승 현광을 맞아
들였으므로 남악혜사 조사의 영당이라면 당연히 복엄사 조당을 가리킬
텐데, 현재의 조당에는 현광의 영정이 보이지 않는 것이다. 훗날의 마조
도 없고, 신라승 본여나 현성도 없지만.

내가 현광 선사의 행장을 처음으로 읽었던 책은 이능화가 편찬한
〈조선불교통사〉였다. 〈송고승전〉 권18 감통편感通篇은 현광의 득법과 감
통, 그리고 백제에서의 교화 얘기를 다음과 같이 전해주고 있었던 것이다.

'승려 현광은 해동의 웅주(熊州, 공주) 사람이다. 어려서부터 영리하였
는데, 문득 세상에 염증을 느껴 유명한 스님을 찾아가 오로지 범행梵行을
닦았다. 성장하여서는 바다를 건너 중국에 들어가 선법禪法을 구하고자
했다.

이에 진陣나라를 두루 살펴보고 형산에 가서 혜사 대화상을 찾아뵈
었다. 두 사람이 만나자 만물이 열리고 변화가 이루어져 신해神解가 참구

되니, 혜사대사가 그 이유를 살펴보고 은밀히 법화안락행문法華安樂行門
을 주었다.

　현광은 예리하기가 신神의 송곳과 같아서 아무리 견고해도 다 물리
치며, 새롭기가 마치 영겁과 같아 어떠한 더러움도 다 녹였다. 본받아 행
하고 부지런히 쉬지 않더니, 문득 법화삼매法華三昧를 증득하고 인가를 청
하였다. 혜사가 증명하여 말하기를 '그대가 증득한 바는 진실하여 결코
헛됨이 없다. 마음에 간직하여 법을 증장시키도록 하라. 그리고 본국에
돌아가거든 좋은 방편을 베풀어 교화하라.'라고 하였다. 현광이 예를 올
리고 눈물을 흘렸다.

　이후 강남에 머물다가, 본국으로 가는 배를 타고 해안을 떠나려 할
때 구름이 덮이고 해가 혼란스러웠다. 아름다운 소리가 공중에 퍼지더니
그곳에서 이르기를, '천제天帝가 해동의　선사를 부른다.'라고 하였다. 현
광이 합장하고 사양하였으나, 푸른 옷을 입은 이가 앞을 인도하였다. 얼
마 있다가 궁으로 들어갔다. 거기는 인간세계가 아니었으며 관청의 고방
庫房과 시위하는 것들이 모두 새로웠고 또한 온갖 귀신을 참례하였다. 또
이르기를 '오늘 천제가 용왕의 궁에 내려왔으니, 청컨대 스님은 친히 증
득한 법을 설하여 주십시오. 우리 수부水部들도 대사에게 이로움을 입고
자 합니다.'라고 하였다. 현광이 보전寶殿에 올라가 차례로 높은 대를 밟
고 물음에 답하고 담론하기를 대략 7일이 지난 연후에, 왕이 친히 송별하
려고 배를 띄웠으나 나아가지 못하였다. 현광이 다시 배에 오르니, 뱃사
람이 한나절을 지났을 뿐이라고 말하였다.

　현광이 옹산(翁山; 계룡산)으로 돌아와 띠 풀로 당을 지었는데, 이에
범찰梵刹이 이루어진바 메아리가 서로 호응하는 것과 같았다. 법을 얻은

자는 칩거하던 문을 열고, 소승을 즐기던 자는 마음을 돌이켰다. 흠모하는 자들이 개미처럼 연이어 재빠르게 도달했는데, 그 당에 올라가 기별記 莂을 받은 이가 1인, 화광삼매火光三昧에 든 이가 1인, 수광삼매水光三昧에 든 이가 2인이었다. 서로 이종二種의 법을 좇아 얻어서 삼매의 명칭을 빛냈다. 그 나머지 문생들은 비유하자면 수많은 새가 수미산에 깃든 것처럼 다 한 가지 색이었다.

현광은 말년에 입멸하였으니 왕생했다는 것을 알 수 있다. 남악혜사의 영당 안에는 28명이 봉안되어 있다. 그중에 현광이 있고, 또한 천태산 국청사 조사당에도 현광의 영정이 모셔져 있다.'

〈송고승전〉은 현광 선사가 백제로 귀국하려고 할 때의 신통력을 강조하고 있지만, 행간을 자세히 들여다보면 백제 사신들이 배를 타려고 할 때 현광 선사의 역할이 상징적이고 격조 있게 드러나 있는 것 같아 흥미롭다. 그 무렵 대다수 구법승이 그랬던 것처럼 현광 선사도 무사항해를 위해 선상법회를 주관했던 것이다.

날씨가 좋지 않아 배가 해안에 정박해 있는 동안, 백제 사신들을 전송하기 위해 행차한 황제의 청으로 현광 선사가 배에서 법문했으리라. 황제가 머무는 배는 용왕이 사는 용궁처럼 화려하고 새롭게 꾸며지고, 7일 동안 황제와 용왕, 그리고 수부들을 위해 법문하고 나니 때마침 바다가 잠잠해졌다는 내용을 감통의 얘기로 환치하고 있는 것이다.

이윽고 복엄사를 나와 혜사 선사의 삼생탑三生塔이 있는 곳으로 순례자 일행은 이동한다. 마경대에서 좋은 기운을 받아서인지 제법 산행을 했는데도 대열에서 이탈한 사람은 없다. 비구름은 축융봉 정상으로 올라가 버리고 형산이 비로소 진경을 드러낸다. 순례자들이 이구동성으로 감탄사를 쏟아낸다. 혜사 선사도 형산의 비경에 반하여 삼생을 윤회하면서까지 이곳에서 살았던 것일까. 복엄사 구전이지만 삼생탑에 혜사의 해골이 묻혀 있다는 얘기는 이렇게 시작한다. 어느 날 혜사가 제자들에게 말했다.

"전생에도 나는 이곳 반야사에서 제자들을 가르쳤지. 내가 이곳 반야사로 온 까닭은 전생이 그리워서 온 것이야."

혜사는 제자들을 형산의 경치 가운데 가장 빼어난 곳으로 데리고 가더니 다시 말했다.

"이곳이 내가 전생에 공부했던 터다. 지금은 아무 흔적도 없지만 내가 토굴을 짓고 공부했던 곳이지. 이곳을 파보면 알 것이야."

과연 혜사가 시키는 대로 제자들이 땅을 파보니 기왓장 파편들이 나왔다. 혜사는 놀란 제자들을 데리고 다시 큰 바위에 이르러 말했다.

"토굴을 짓고 공부하기 전, 전생에는 이 바위에서 공부했지. 그런데 공부하다 죽어 시체가 바위 밑으로 굴러떨어져 땅에 묻히게 됐지. 파보면 내 뼈가 나올 것이야."

역시 제자들이 땅을 파보니 해골이 나왔다. 그래서 제자들은 그 바위를 삼생석三生石이라고 불렀다. 스승의 금생이 반야사 주석이라면 전생은 토굴 터 정진이고, 또 그 전생은 바위에서 공부했기 때문이었다. 훗날 문도들은 깨친 혜사의 영겁불망永劫不忘을 잊지 않도록 해골이 나온 그 자리에 삼생탑을 세웠다. 선문의 조사들도 '활구 아래서 깨치면 영원토록 잊지 않는다(活句下薦得 永劫不忘)'고 했던 것이다. 그런데 혜사는 당나라 때에 이르러 원관圓觀 스님이 된다. 12살의 원관이 이원李源거사를 만났을 때 소를 타고 자신의 전생을 기억하며 불렀다는 노래가 〈당서唐書〉에 기록되어 있다.

중국천태종의 3조요, 천태 지의 대사의 스승인 혜사 선사의 영겁불망의 경지를 보여주는 삼생탑.

삼생석 위의 옛 주인이여

달구경 풍월을 말하지 마라

부끄럽다, 정든 사람이 먼 곳에서 찾아오니

전생 내생 일이 아득하여 알 수 없는데

인연을 말하려고 하니 창자가 끊어지려 한다

오나라 월나라 산천은 이미 다 보고

도리어 배를 돌려 구당으로 간다.

三生石上舊情魂 賞月吟風莫要論

남악탑과 마경대를 돌아보고 복엄사로 향하는 순례 일행의 얼굴에 행복한 미소가 배어있다.

憋愧情人遠相訪 此身雖異性長存

身前身後事茫茫 欲話因緣恐斷腸

嗚越山川尋已遍 却廻煙掉上瞿塘

　이 시의 첫 구절 '삼생석 위의 옛 주인'이란 혜사 선사이고, 원관은 그 인연을 말하고자 하는데 창자가 끊어지려 한다고 노래한 것이다. 혜사의 삼생탑에 이르니 실제로 혜사 선사의 삼생 얘기처럼 세 개의 묘탑이 조성돼 있다. 전생의 모든 일을 또렷하게 기억하는 영겁불망永劫不忘의 경지가 실제로 존재하는 것인지 놀랍기만 하다.

　삼생탑을 천천히 돌면서 내가 좋아하는 〈법화경〉의 한 구절을 읊조려본다. 부처님께서는 '전생의 일을 알고자 하는가. 금생에 받는 그것이다. 내생의 일을 알고자 하는가. 금생에 하는 그것이다.欲知前生事 今生受者是 欲知來生事 今生作者是'라고 말씀하셨던 것이다. 오늘 내가 괴롭고 힘들어 하는 것은 전생에 지은 업이 있어 그런 것이니 금생에 그 업을 반드시 씻어내야 내생에는 편안해질 것이라는 말씀이기도 하다. 그러니 공부인은 금생이 바빠야 한다. 전생의 밀린 숙제도, 금생의 할 일도 마치고 나야 나를 힘들게 하는 걸림돌이 영원히 사라진다. 인과에는 공짜나 요행이라는 것이 없다. 스스로 짓고 받는 자작자수自作自受만 있을 뿐이다. 행복이란 절대로 그냥 굴러들어오지 않는 법이다.

남악 형산에서 유일하게 부처님 진신사리를 친견할 수 있는 금강사리탑.

도를 모르고서 발을 옮긴들 어찌 길을 알겠는가?

남대사

석두 희천 선사

　중국의 2대 사상의 원류는 유교와 도교다. 유교는 북방에서, 도교는 남방에서 싹텄다. 초나라 사람인 노자가 주나라 낙양으로 가 관리가 됐는데 그 주요무대가 남방이었던 것이다. 이후 장자도 남방에서 우주를 노래했다. 그리고 북방에서 발생했던 유교는 관료사회를 중심으로 중국 땅에 퍼졌다. 이러한 토양에서 외래종교인 불교가 어떻게 질풍노도처럼 빠르게 파고들었을까. 인간을 도덕적으로 구속하는 유가의 답답함과 인간을 현실로부터 도피케 하는 도가의 공허함도 큰 이유였다. 불교는 지금 이 순간의 안심입명을 찾는 현세의 종교인 것이다. 중국선종의 초조라 할 수 있는 혜가와 같은 천재가 불교에 귀의하게 된 동기도 바로 거기에 있었다. 〈시경〉과 〈역경〉, 특히 노자의 〈도덕경〉 같은 세속적인 서적에 달통했던 혜가가 뒤늦게 달마를 만나 '불안한 마음'을 내려놓고 안심입명을 이뤘던 것이다.

그렇다고 중국에서 도교와 유교가 불교에 밀려나 사라진 것은 아니었다. 오히려 서로 배척하고 수용하면서 흥망을 거듭했다. 6조 혜능 이후 융성했던 남종선에도 도가의 무위자연은 자취를 감추지 않고 선적으로 승화되었다. 부처가 되려는 수행을 굳이 하지 말고 이미 부처임을 깨달으라는 혜능의 '돈오頓悟'와 의도적으로 조작하지 말라는 노장의 '무위無爲'는 이복형제 같은 모습인 것이다. 실제로 회양은 '무위의 법'을 얻고자 스승을 찾아 나섰고, 석두희천石頭希遷의 다음과 같은 선화禪話들도 맥을 같이하고 있다.

남악 형산의 복엄사에는 회양이 주석하고 있었고, 남대사南臺寺에는 석두가 머물고 있었는데, 회양과 석두는 젊은 시자를 통해서 서로의 법을 드러내곤 했다. 어느 날 회양은 시자를 보내 석두에게 묻게 했다.

"어떤 것이 해탈입니까."

"누가 그대를 속박했는가."

"어떤 것이 정토입니까."

"누가 그대를 더럽혔는가."

"어떤 것이 열반입니까."

"누가 너에게 생사를 주었는가."

이와 같은 얘기를 시자가 회양에게 가감 없이 전하니 회양과, 마침 형산에 머물고 있던 견고堅固와 북종의 보적 제자인 명찬明瓚이 말했다.

"저 돌 위에서 사자후가 난다."

두말할 것도 없이 이 선화에도 무위의 빛깔이 채색되어 있다. 해탈이나 정토, 열반을 묻는 것 자체가 분별의 알음알이에 떨어진, 무위의 반대인 작위作爲다. 석두는 회양이 보낸 시자의 물음을 되받아치면서 스스로 답을 찾게 하고 있다. 말 길과 생각 길마저 끊어진 자리에서 어디에도 걸림 없는 너의 자재한 본래 성품을 보라는 것이다.

남대사는 복엄사와 아주 가까운 거리에 있다. 1km가 될까 말까 한 거리다. 복엄사에서 중국 스님들이 저녁예불 하는 것을 보았는데 남대사 대중 스님들도 저녁예불 중이다. 그만큼 두 절이 지척에 자리하고 있다. 남대사는 6세기 초 양 나라 때에 해인화상海印和尙이 창건했고, 석두희천 스님이 당나라 천보天寶 초년(742)에 와서 수십 년 동안 주석하면서 법을 폈다. 그래서 남대사는 석두 스님의 행화도량이 된다.

석두의 스승은 청원행사淸原行思. 휘는 희천, 속성은 진陳씨, 단주(端州; 광둥성廣東省 조경시) 고요高要 출신으로 열 살 때 절에 데리고 가 불상 앞에서 '부처님이시다' 하고 절을 시키니 '사람과 다르지 않은 이것이 부처라면 나도 부처가 되리라.' 하여 사람들을 놀라게 하였다. 제단에 동물을 죽여 바치는 살생과 미신을 천성적으로 싫어하던 소년은 열네 살이 되어 절로 들어갔다. 선대가 대대로 혜능이 주석하고 있는 신주新州에 살았으므로 자연스럽게 육조 혜능에게 갔다. 다음 해에 혜능이 입적하자 그는 나부산으로 들어가 구족계를 받았다. 처음에는 계율을 공부했으나 승조의 〈열반무명론〉을 읽고 물아일체의 도리를 체득한 뒤, '사思에게 가라'는 혜능의 당부대로 청원산 정거사에 주석하고 있는 사형 청원행사를 찾아가 그의 제자가 되었다. 다음의 선화는 두 사람 간에 극적인 만남의 정경이다.

"어디서 왔는가."

"조계에서 왔습니다."

남대사 전경. 석두 희천 선사는 이곳에서 '초암가'를 부르고 〈참동계〉 선풍을 일으켰다.

행사는 방장실에 놓인 불자를 들어 올리며 물었다.

"조계에도 이런 것이 있는가."

"조계뿐 아니라 서천에도 없습니다."

"그대는 서천에 가 본 적이 있는가."

"갔었다면 있는 것입니다."

"틀렸으니 다시 말해라."

"화상께서도 반쯤은 말씀하십시오. 어째서 저더러만 말하라 하십니까."

"그대에게 말하기는 어렵지 않으나 뒷날 알아듣는 이가 없을까 걱정이니라."

이윽고 행사는 수많은 제자 가운데서 '뿔 달린 짐승이 많지만 하나의 기린이면 충분하다.'라고 말하며 석두를 기린아 수법제자로 지목한다. 이후 석두는 행사 곁에서 몇 년을 더 정진하고 난 뒤 남대사로 오게 되고, 오랫동안 주석한 뒤 호남 장사로 간다. 어느 날에는 이름을 드러내지 않고 대중 속에서 벙어리처럼 과묵하게 정진하는 약산 유엄藥山惟儼에게 법을 전해준다.

"여기서 무엇을 하는가."

"아무것도 하지 않습니다."

"그렇다면 한가히 앉은 것이구나."

"한가히 앉았다면 하는 것이 됩니다."

"그대는 하지 않는다 하는데 하지 않는다는 것이 무엇이냐."

"천 명의 성인도 알지 못합니다."

이에 석두가 약산에게 법을 드러내 보이며 게송으로 찬탄했다.

저녁 예불을 모시는 석두 희천의 후예 남대사 스님들.

오래 함께 지내고도 이름을 몰랐더니
걸림 없는 모습에 티를 내지 않았구나
그 옛날 현자들도 알아내지 못한 것을
예사로운 무리들이 어찌 밝히 알겠나.
從來共住不知名 任運相將作麼行
自古上賢猶不識 造次常流豈可明

남대사도 역시 복엄사처럼 사찰소개 게시판에 천하법원이라고 쓰여
있다. 중국 선종의 5가 중에서 석두의 문하에서 다음과 같은 3개 종파가

나왔으니 고개가 끄덕여진다.

　*석두 희천-약산 유엄-운암 담성-동산 양개-조산 본적 조동종

　*석두 희천-천황 도오-용담 숭신-덕산 선감-설봉 의존-운문 문언 운문종

　*석두 희천-천황 도오-용담 숭신-덕산 선감-설봉 의존-현사 사비-나한 계침-법안 문익 법안종

　대웅보전 뒤에 있는 조당 문턱의 기둥에 석두로활石頭路滑, 즉 ‘석두의 길은 미끄럽다.’라고 마조가 말하여 공안이 된 글씨가 보인다. 등은봉이 마조에게 ‘석두 스님께 가렵니다.’ 하고 인사하자, ‘석두의 길은 미끄러울 텐데.’라고 대답한 데서 유래한 공안이다. 강서의 마조와 호남의 석두는 양대사兩大士로 불리며 강호 제현을 배출했는데, 마조가 석두의 선풍을 미끄러운 길에 비유한 것은 등은봉 정도의 선기로는 감히 대면하기도 어려울 것이라는 평이었다. 석두는 방편이 무궁무진해서 선객들의 다가섬을 쉽게 허용하지 않았던바, 등은봉이 석두가 앉아 있는 선상禪床을 기세 좋게 한 바퀴 돌았으나 ‘참으로 불쌍하다.’라는 타박만 들었던 것이다.

　희천이 석두로 불린 것은 남대사 경내 동쪽에 큰 바위가 돌출돼 있는데, 희천이 그 바위 머리에 작은 초암을 지어 오랫동안 주석한 까닭이었다. 실제로 남대사 동쪽 1백여 미터쯤에 석두의 초암을 기리고자 누각이 하나 지어져 있고, 그 안에 붉은 법의가 입혀진 석두 희천 석상石像이 있다. 그런데 석두의 고졸한 인품이 느껴지지 않고 왠지 경박하다. 차라리 법당 안에 봉안된 석두상이 더 당당하고 여법한 것 같다.

　순례자들은 남대사 경내를 잠시 밟더니 일찍 산문으로 되돌아간다.

조동종에서 일용경전으로 독송하는 석두 희천의 참동계를 절 뒤편 언덕의 바위에 새겨넣었다.

그러나 나는 경내 동쪽의 큰 바위 위에서 서성거리다가 석두가 지은 〈참동계參同契〉와 석두가 찻물로 사용했던 석간수의 돌샘을 발견하고 다가선다. 석간수는 말라 샘의 기능은 상실한 상태지만 바위에 붉은 글씨로 음각된 〈참동계〉는 눈길을 끈다. 석두가 저술한 〈참동계〉는 조동종의 일용경전日用經典으로 독송되고 있는데, 5언 44구로 모두 240자에 불과한 고시古詩지만 석두의 선풍이 고스란히 함축돼 있다.

인도의 큰 선인의 마음을 동서에서 비밀히 전하고 받으니
사람에게는 둔하고 영리함이 있으나 도에는 남북의 조사가 없다.
마음의 근원은 맑고 맑으나 곁가지가 가만히 가닥쳐 흐르니

현실에 집착하면 원래 미혹한 것이요, 이치에 계합하여도 깨달음이
아니다.

굽이굽이 온갖 경계는 바뀌치면서도 바뀌치지 않으니

바뀌쳐서 서로 엇갈리거나 제자리에 머문다.

　중략

현실은 궤와 뚜껑이 맞는 것 같고 이치는 활과 화살이 버티는 것 같
으니

말을 듣고 바로 종지를 알 지언정 멋대로 법규를 세우지 마라.

눈에 띄었을 때에 도를 모르고서 발을 옮긴들 어찌 길을 알겠는가.

걸음을 걷는 데서 멀고 가까움을 아나니 미혹하면 산하가 굳게 막
힌다.

삼가 현묘함을 배우는 이에게 말하노니 세월을 헛되이 보내지 마라.

내 근기로는 두 구절이 가슴을 친다. '사람에게는 둔하고 영리함이
있으나 도에는 남북의 조사가 없다.'라는 누구나 평등하다는 불성의 입장
과 '눈에 띄었을 때에 도를 모르고서 발을 옮긴들 어찌 길을 알겠는가.'라
는 눈앞에 드러난 실상을 왜 보지 못하는가 하는 말씀이다.

그뿐만 아니라 마지막 구절인 '세월을 헛되이 보내지 마라.'라는 말
씀도 간절하다. 〈임간록〉은 이 마지막 구절에 법안法眼 스님이 '그만 하시
오. 그만 하시오. 은혜가 너무 크니 보답하기 어렵습니다.'라고 주석을 붙
였다고 소개하면서 다음과 같이 해설하고 있다.

'중생은 일상에서 망상과 전도顚倒로 광명을 스스로 가리는 까닭에
때를 놓치는 수가 있으니 이를 가리켜 세월을 헛되이 보낸다고 하는 것

이다. 도가 있다는 사람이란 별다른 게 아니라 그 마음을 잘 쓰는 사람일
뿐이다.'

공부인은 때를 놓치지 말아야 망상과 허상의 삶에서 벗어난다는 뜻
이다. 〈참동계〉가 음각된 바위를 떠나 금강사리탑 쪽으로 발걸음을 옮긴
다. 부처님 진신사리를 친견할 수 있는 탑이다. 그러나 나는 발길을 돌리
고 만다. 하루의 짧은 해를 아쉬워하며 석두의 길을 돌아선다. 수불 스님
이 너털웃음을 지으며 순례자들을 점검하신다.

"석두의 길은 미끄럽다고 했으니 조심들 하시오. 넘어지면 큰일 나요."

미망에서 깨어나지 못한 나 같은 사람은 그 옛날 석두 선사를 만나러
가는 길이라면 몇 번이나 미끄러지고 넘어져 온몸이 흙투성이가 됐을 법
하다. 그럼에도, 남대사를 나서는 나와 순례자 일행은 모두가 무사하다.
지심귀명례!

중국선종 5가 7종 중 위앙종의 시조 위산 영우 선사가 1,500여 대중을 거느리며 행화를 펼쳤던 밀인사.

대중이 〈위산경책〉을 거울 삼아 참회 장소로 이용하는 경책전.

깨닫고 나면 깨닫기 전과 같다

밀인사 1

위산 영우 선사

　신라 최치원은 유불도儒佛道 3교가 포함된 우리 고유의 본래사상을 현묘지도玄妙之道라고 했다. 이 현묘한 도를 신라 귀족들의 자제인 화랑들은 전국의 명소를 순례하면서 연마했는데, 그것을 화랑도 혹은 바람처럼 흐르면서 닦는 도라 하여 풍류도風流道라고 불렀다. 〈삼국유사〉를 엮은 일연 스님은 비슬산에 살았던 두 성인 관기觀機와 도성道成이 바람에 눕는 나뭇잎을 보면서 서로의 마음을 읽었던 것처럼 풍류란 '바람의 흐름을 보고 마음을 읽는 것'이라고 말했다. 이처럼 풍류는 불가의 단어가 되면서 바람으로 마음을 읽는 깊은 경지로 승화된다.

　순례도 풍류와 마찬가지라는 생각이 든다. 순례 길에는 안개도 끼고 비도 오고 바람도 분다. 순례자는 안개와 비와 바람 속에서 그것이 던지는 상징을 징검다리 삼아 상념에 잠긴다. 순례란 눈 뜨고 다니는 수행의

일부이기 때문이다. 선방의 정적인 정진이 아니라 움직이는 정진이 순례인 것이다. 아직도 위산潙山 밀인사密印寺로 가는 버스 차창에는 빗방울이 흐른다. 수불 스님이 저울질하듯 독백하신다. '내가 전생에 한 번 주인을 해 본 산이라면 비가 그칠 것이요, 인연이 없는 산이었다면 비가 계속 내려 위산 밀인사를 잘 보지 못할 것이다.' 귀가 절로 기울여진다. 스님은 꿈속에서도 늘 그리던 위산이었다고 한다. 그래도 비는 속절없이 계속 내리고 있을 뿐이다.

버스는 위산향潙山鄉을 향해서 강변 협곡을 달리고 있다. 잠시 눈을 감으며 집게손가락을 튕겨본다. '무엇이 손가락을 튕기는가?' 안국선원 선원장 수불 스님이 사람들에게 즐겨 주는 화두다. 이곳을 오던 중에 들

위산으로 가는 협곡에 형성된 작은 산촌 마을에는 동경사터가 있다. 마을 주위에 차밭이 듬성듬성 일궈졌다.

었던 대법광 보살의 얘기가 문득 떠오른다. 보살은 이화여대 의대에서 세포생물학을 가르쳤던 교수 출신이다. 13년 전에 친구 소개로 안국선원을 다니기 시작했는데, 화두가 타파되는 데 7일이 걸렸다고 한다.

"스님께서 집게손가락을 구부렸다 팅기면서 손가락을 움직이게 하는 것이 무엇인지, 문제를 생각하지 말고 답만 찾으라고 하셨어요. 스님께서 날마다 몸 안에 의심 덩어리가 꽉 차도록 몰고 가시더라고요. 그 과정을 거치면서 내 몸에도 프로세스가 생기는 것 같았어요. 7일째 되는 날에는 몸에 업이 빠지는 것 같은 특이한 경험을 했지요. 몸이 가벼워지면서 눈앞에 환한 섬광이 비쳤다고나 할까요, 그런 변화가 탁 오더라고요. 그래서 아, 이게 진리구나. 이게 진리의 에너지로구나 하는 확신이 왔어요. 그때의 환희심은 말로 표현할 수 없어요."

보살은 환희심이라고 했지만 '행복한 마음'과 동의어일 터이다. 화두가 타파되는 순간에 솟구쳤던 환희심은 보살의 삶을 송두리째 변화시켰다. 강의가 있는 날에도 선원에 들러 두 시간씩 정진해야 자신을 순수하게 정화하는 에너지가 솟아나는 것 같았다. 그래서 아무리 불편하고 힘들어도 선원을 찾았다. 정년퇴임 하고 난 뒤에는 하루도 빠지지 않았다.

"과학계에서는 자연발생설이나 진화론이나 창조론 등으로 논쟁들을 많이 하고 있지만, 스님 법문 들으며 모든 게 무에서 유가 되는 데 있어서다 인과에 의해서 인연 지어져 하나의 생명체나 물질이 이뤄지는구나 하고 의심 없이 와 닿습니다. 인과를 이론적으로 말하는 것과 선원에서 체험하는 것과는 달라요. 정말 잘살아야겠다는 절실한 마음이 들고, 참 내가 좋은 길로 들어섰구나 하는 생각이 들어요. 정진해서 저에게 변화가 있다면 무엇보다 화내는 마음이 다스려진다는 것이에요. 속상해 화가 났다가도 상대 처지를 이해하게 되어 참아지는 것이죠. 그런 힘이 결국 나를 편안하게 하더라고요."

첫날부터 생물학자를 답답하게 몰고 간 힘의 근원은 무엇일까. 그 힘은 스승에게서 나오는 것일까, 화두를 든 제자에게서 나오는 것일까. 순례자들은 가슴에 의심을 탁 꽂아주는 스승이 먼저라고 말하는데 주저하지 않는다. 그러나 제자의 발심發心도 그에 못지않은 인연임을 짐작해 볼 때 어미 닭과 병아리가 함께 힘을 쓰는 줄탁동기가 정답이 아닐까 싶다. 두 조건이 반드시 충족되어야만 하는 필요충분조건인 것이다.

대법광 보살뿐만 아니라, 말없이 순례하는 금천 거사 부부와 고불장 보살, 버스로 이동 중에 정성스럽게 간식거리를 뒷바라지했던 사리등 보살과 법운등 보살도 마찬가지였을 거라는 생각이 든다.

사무치는 경험 없이 어찌 스승과 제자 관계가 성립될 수 있을까. 백장과 위산이 스승과 제자가 되는 인연은 눈물겹도록 깊고 지중했다. 절절한 시절 인연이었다. 위산의 휘는 영우靈祐, 푸젠성福建省 푸저우福州 장계長谿 조씨趙氏 자손으로 15세에 출가하여 건 선사 대매 법상에게 머리를 깎았고, 절강성 항주 용흥사에서 대소승의 교리를 공부했다. 23세에 강서로 가 백장 회해를 참례한 뒤 입실을 허락받고 정진하던 중에 마침내 깨달음을 이룬다. 그 내밀한 인연은 꼭두새벽에 다가왔다.

추운 겨울 새벽이었다. 백장의 침상 곁에 놓아둔 화로는 새벽녘이 되자 불이 사그라져 차가웠다. 50세 안팎의 중늙은이 백장은 추위를 참다 못해 시자를 찾았다.

"누가 있는가."

"영우입니다."

"화로 속에 불이 있는지 헤쳐 보아라."

위산이 부젓가락을 들어 화로 속을 대충 헤쳐 본 뒤 말했다.

"불이 없습니다."

백장은 미소를 지었다. 화로 속에 아직 불이 남아 있다는 것을 알고 있었던 것이다. 백장은 침상에서 일어나 부젓가락을 들고 화로 속을 이리저리 뒤졌다. 위산은 몹시 긴장하여 새벽잠이 확 달아났다. 시자로서 난처했다. 위산은 화로 속을 대충 뒤져 본 자신을 책망했다.

잠시 후, 백장이 재 속에서 불씨 하나를 꺼내더니 위산의 이마 가까이 내밀었다. 위산은 불에 덴 것처럼 놀랐다. 그러나 백장의 말투는 자애로웠다.

"너는 불이 없다고 했지. 그럼 이 불씨는 무엇이냐."

위산은 불씨를 보는 순간 자신이 찾고자 했던 것이 바로 '이것이구나!' 하고 깨달았다. 위산은 백장에게 절하고 자신의 견해를 말했다. 그러자 백장이 위산에게 말했다.

"잠시 나타난 갈림길일 뿐이다. 경에 말씀하시기를 '불성을 보고자 한다면 시절 인연을 살펴보라.'라고 하셨다. 때가 되면 미혹했다가 홀연히 깨달은 것 같고 잊었던 것을 홀연히 기억해낸 듯하다. 그러나 그것은 본래 자기 것이었지 남에게서 얻은 것이 아님을 깨닫게 되리라. 그러므로 육조께서 말씀하시기를 '깨닫고 나면 깨닫기 전과 같고, 마음이 없으면 법도 없어진다.'라고 하셨다. 이것은 다만 허망하게 범부니 성인이니 하는 따위의 생각이 없어져 본래의 마음과 법이 완전하다는 것이다. 네가 이제 그렇게 되었으니 잘 간직하라."

다음날 백장은 위산을 데리고 산으로 들어가 울력을 했다. 그때 백장이 위산에게 물었다.

"불을 가져올 수 있느냐."

"가져올 수 있습니다."

"어느 곳에 있느냐."

위산이 장작개비 하나를 들더니 입으로 두어 번 후후 불어서 백장에게 건네주었다. 그러자 백장이 혀를 찼다.

"벌레 쫓는 막대기로군!"

이 선화처럼 위산이 불씨 하나로 깨닫는 인연은 친절하고 섬세하다. 황벽과 임제의 인연처럼 난폭하고 거칠지 않다. 내면을 돌아보게 하는 반조返

한국 절의 일주문에 해당하는 패방牌坊에 위앙종풍을 내세우고 있다.

照의 방편이 할아버지가 손자를 다루듯 자애롭다. 위산은 그 가풍을 백장에게 받아서 앙산에게 이었으니 미풍처럼 부드러운 종풍의 위앙종이 된다.

위산 밀인사에 도착하기 30분 전쯤이었으리라. 동경사同慶寺 터가 멀리 보일 무렵부터 비가 그친다. 동경사 터만 남은 동경촌同慶村을 지나치면서 수불 스님이 '동경사가 큰 줄 알았는데 작군.' 하고 평한다. 동경촌 주위에 차밭이 듬성듬성 일궈져 있다. 위산으로 가는 길은 최근에 닦인 듯하다. 수불 스님이 순례자들에게 말한다.

"위산에는 대大자가 많이 붙습니다. 대위산, 대복인大福人 등등. 우리에게는 위산의 가풍이 맞아요. 〈위앙록〉을 강의하면서 위산을 가야지 하고 노래를 불렀어요. 그런데 여행사에서는 택시 타고 몇 명밖에 갈 수밖에 없다고 그래요. 그러니 신도들과 어떻게 순례를 오겠어요. 중국 선종사찰은 어지간히 보았는데 위산 밀인사만 가지 못해서 늘 허전했지요.”

위산영우가 밀인사 주지로 오게 된 까닭은 풍수에 달통한 사마두타의 천거가 결정적이었다. 어느 날 사마두타가 백장에게 말했다.

“지난날 호남에 살 때 대위산을 올라가 본 적이 있는데, 그 산은 1,500명의 대중이 모여 살 수 있는 큰 도량으로 보였습니다.”

사마두타는 이미 위산의 그릇을 시험해 본 뒤였다. 위산이 절의 침구와 음식 살림을 맡는 전좌典座 소임을 보고 있을 때, ‘백장의 여우 이야기’를 가지고 위산에게 어찌 생각하느냐고 묻자, 위산이 문짝을 세 번 흔드니 사마두타가 ‘꽤나 영성한 사람이군.’ 하고 말한바 이에 위산이 ‘불법에 무슨 영성하고 치밀함이 있습니까.’ 하고 선지禪旨를 드러냈던 것이다.

백장이 그런 사실도 모르고 말했다.

“내가 가서 살 수 있겠는가.”

“스님께서 거처할 곳이 아닙니다. 스님은 뼈로 된 사람(骨人)인데 그 산은 살로 된 산(肉山)입니다. 설사 스님께서 거처한다 해도 대중이 1,000명도 모이지 않을 겁니다.”

당시에는 화림선각華林善覺이 제1좌였다. 백장은 시자에게 선각을 불러오게 했다.

“이 사람은 어떤가.”

사마두타는 기침을 한 번 하고 선각을 뒤로 몇 걸음 물러서게 한 뒤 작은 소리로 말했다.

“안되겠습니다.”

백장은 다시 시자에게 위산을 불러오게 했다. 사마두타는 위산을 보자마자 말했다.

"이 사람이야말로 바로 대위산의 주인이 될 수 있겠습니다."

백장은 그날 밤 위산을 불러 법을 전하였다.

"내가 교화할 인연은 여기에 있고, 위산에서는 그대가 살면서 나의 종풍을 계승하여 후학을 널리 제도하라."

백장이 위산을 대위산의 주인으로 보내려고 사마두타와 함께 꾸민 방편이라는 설도 있지만 어쨌든 위산은 대위산으로 떠나게 된다. 49세(820)의 나이로 입산한 위산은 도토리와 밤을 주워 먹으며 5, 6년을 여법하게 정진했다. 그런데도 대중이 모이지 않자 위산은 다른 곳으로 떠나려 했고 산짐승들은 스님을 막았다. 이에 위산이 산짐승들에게 말했다.

"내가 이 산에 인연이 있다면 너희는 각자 흩어지고, 만약 인연이 없다면 떠나려는 나를 너희 마음대로 잡아먹도록 하라."

산짐승들이 흩어졌다. 할 수 없이 위산은 절로 돌아왔는데 다음 해 나안懶安이 몇몇 스님들과 함께 백장사에서 왔고, 나안이 전좌 소임을 맡더니 대중이 500명으로 늘어났다. 선객들이 더 많이 모여들었고, 배휴는 절을 오가며 현묘한 진리를 궁구했으며 대장군 이경양李景讓이 황제에게 주청하여 위산이 말년에 주석할 동경사라는 이름을 받았다(847).

마침내 버스가 위산향 소재지에서 멈춘다. 순례자 일행은 패방을 지나 산문 앞에서 호흡을 가다듬는다. 산문 중앙에는 시방 밀인사十方 密印寺라는 편액이 보이고, 석문에 쓰인 '진리의 비가 형악으로부터 와서 앙산에서 그 종풍이 열렸다(法雨來衡嶽 宗風啓仰山)'라는 5언 2구가 반갑다. 순례자 일행도 형산에서 출발하여 위산향에 와 있기 때문이다.

재상 배휴가 지원하여 건립한 만불전. 1만 2,218존의 불상 중에 한 분은 순금 불상이라고 한다.

바른 안목이 중요할 뿐이니 처신을 묻지 않겠다

밀인사 2

불교사에서 스승과 제자 관계의 효시는 부처님과 10대 제자들이리라. 사리불이나 목련, 가섭존자 등은 스승인 부처님의 가르침을 통해서 진리의 눈을 떠 아라한이 됐던 것이다. 그러나 인도불교는 부처님 열반 뒤, 또 다른 스승과 제자 관계가 살아나지 못하면서 쇠퇴하고 만다. 무불시대無佛時代에 보살의 출현은 있었으나 수행보다는 논쟁만 일삼는 사변思辨의 승가로 변해갔고 결국 대중에게 외면당했던 것이다.

달마가 중국으로 건너와 중국불교를 크게 변화시킨 것 중의 하나는 수행과 법으로 맺어진 스승과 제자 관계의 복원이 아니었을까. 초조가 되어 사제師弟 간에 활발발한 법으로 이어지는 법맥은 당송시대까지 흘러가 중국선종을 꽃피우게 했던 것이다. 그러나 중국선종도 명청시대를 거치면서 사제 관계가 세속의 장자 상속처럼 형식적으로 전락하고 만다.

　　그런데 한국불교도 예외는 아니어서 최근에는 승속을 불문하고 위기 감을 토로하고 있다. 심혼心魂에 불을 밝혀줄 선지식의 교화가 세상에 퍼지지 못하고 문도의 울타리 안에만 갇혀 있기 때문이다. 위기를 극복하려면 인도불교의 쇠락이 보여주었던 역사를 거울로 삼아야 한다. 미래를 걱정하면서 수행과 법을 기둥으로 삼지 않고 허장성세나 방편에만 치우친다면 세계화는커녕 불교를 고사케 하는 치명적인 원인이 될 터. 안국선원 순례자 일행이 들어선 밀인사의 1,200년 역사와 흥망성쇠도 바로 그러한 사실을 말해주고 있었다.　순례자 일행은 법당으로 가 참배를 한다. 만불전이라고 하는데, 배휴가 지원하여 지은 법당으로 후대에 여러 차례 중창하여 오늘에 이르고 있다. 삼존불 후면과 측면 벽에 봉안된 만불의 실제는 12,218존尊이고 그중 1존은 개금이 아닌 순금 불상이라고 하여 발견하는 사람은 수승한 인연을 짓는다고 전해지고 있다. 지금의 만불전 편액 글씨는 장개석이 1945년에 태허 대사太虛大師를 만나 써주었다고 한다. 밀인사 지객 스님이 순례자 일행을 위산 영우 선사의 진영이 걸린 객당으로 초대하더니 환영의 인사말을 한다.

　　중국의 역대 황제들이 밀인사를 존숭하였다고 한다. 당 헌종과 선종, 송 신종과 휘종, 청 순치, 옹정, 건륭, 도광 등의 황제가 칙서를 내렸다 하고, 근대에는 모택동 주석이 밀인사를 찾아와 밀인사 주지와 삼일 밤낮을 토론한 끝에 ‘구국구민救國救民은 대본대원大本大源(농민)에서 찾아야 한다.’는 것을 깨달았다고 한다.

　　수불 스님이 위산 스님의 가풍을 잇고자 노력하는 밀인사 대중의 노고에 고마움을 전하는 답사를 한다. 그 사이 위산촌에서 생산하는 ‘위산

기하학적이고 고졸한 아름다움을 보이는 밀인사 요사채 지붕의 기와.

영광潙山靈光'이라는 명차가 객당 안에 싱그러운 향기를 풍긴다. 위산에 차가 있다는 사실은 천 년 전 위산의 대중들이 농선農禪을 했다는 흔적이 리라. 〈위산록〉을 보면 체용일여體用一如를 보여주는 차茶 공안이 나온다.

위산이 차밭에서 찻잎을 따다가 앙산에게 말했다.

"종일토록 찻잎을 따도 너의 소리만 들릴 뿐 너의 모습은 보이지 않는구나!"

이에 앙산이 차나무를 흔들자 위산이 말했다.

"너는 작용만 얻었을 뿐 본체는 얻지 못했어."

" 스님께서는 어찌하시겠습니까."

위산이 잠자코 있기만 하자 앙산이 말했다.

"스님께서는 본체만 얻었지 작용은 얻지 못했습니다."

"네놈에게 방망이 30대를 때려야겠구나."

"스님의 방망이는 제가 맞겠습니다만 저의 방망이는 누가 맞습니까."

"네놈에게 방망이 30대를 때려야겠어."

지객 스님은 밀인사의 역사를 전시한 관람실로 안내한다. 밀인사를 소개하는 글에 밀인사 창건 내력이 짧게 나와 있다. 당나라 헌종 원화元和 2년(807)에 위산 영우가 백장의 유지를 받들어 위산으로 들어와 있다가 훗날 배휴가 당 선종의 칙서를 받아서 절을 건립했다고 설명하고 있다.

그런데 사찰에서 인쇄한 또 다른 글은 위산의 입산 연도를 특정하지 않고 당 헌종 원화연간(806-820)으로만 설명하고 있다. 원화연간은 위산의 나이로 치자면 36세에서 50세에 해당한다. 편차가 너무 심하다. 나는 국내에서 이은윤의 〈중국 선불교 답사기〉를 읽은 적이 있어 49세로 기억했는데 수불 스님은 밀인사로 오던 중 버스 안에서 순례자들에게 37세 (807년)라고 법문하신 바 있다.

"고향인 푸젠성福建省 사투리를 쓰셨던 위산 스님은 15세에 출가하여 대매 스님에게 머리를 깎았고 백장 스님을 만나 20대 후반에 깨닫고 37세에 위산으로 들어가 5, 6년 은거한 뒤 40년 정도 행화를 펴시다가 83세에 입적하신 분이지요. 회창법난 전후에 위산에는 많은 대중이 살았어요. 선객들의 사투리는 다 달랐을 겁니다. 교육자적인 면모를 지닌 데다 근면하고 참고 견디는 힘이 컸던 위산 스님이었으니까 큰 회상을 이루었을 것이고, 스님은 법난 전후의 선종을 장악했을 겁니다. 그래서 위산 앞에 큰 대大가 붙어 대위산 스님이라고 부르지요. 훗날 설봉 스님도

'천하에 고불古佛이 두 분 있는데 조주와 위산'이라고 했어요. 조주 스님은 위산 스님보다 7살 아래였지요. 두 분 다 마조 스님 2세 법손이고요."

40년 행화라면 수불 스님의 말씀이 정확하다. 산술적으로 위산 스님 일생의 행장에서 앞뒤가 맞다. 다만, 한 가지 확실한 점은 위산 영우를 신뢰한 백장의 강한 의지다. 백장은 5, 6년 동안 위산을 지켜본 뒤 상좌 나안을 보내 스님을 돕고 지지케 했던 것이다. 나안 역시도 22살 많은 사형 위산을 존경하였을 것이 분명하다. 위산 영우가 위산의 주인으로 가게 됐을 때 격렬하게 반발한 사람은 수좌 화림 선각이었다.

'사제인 영우가 나를 제치고 장차 1,500대중이 살게 될 도량의 주인으로 가다니!'

화림은 수모를 당한 것 같아 쉽게 받아들일 수 없었다. 분을 삭이지 못하고 밤새 엎치락뒤치락하다가 아침 일찍 선원으로 갔다. 선원에는 대중들이 모여 백장의 법문을 기다리고 있었다. 화림은 백장을 보자마자 하소연했다.

"외람된 말씀이지만 저는 제1좌입니다. 어찌 영우 스님이 위산의 주지가 될 수 있습니까."

백장은 눈 하나 깜짝 않고 말했다.

"만약 그대가 대중 앞에서 격외의 말을 한마디만 한다면 그대에게 주지를 주리라."

백장이 바닥에 놓인 정병淨瓶을 가리키며 말했다.

"정병이라고 해서는 안 된다. 그대는 무엇이라고 부르겠는가."

정병이란 찻물을 담는 물병이었다. 대중이 산자락에 차밭을 일구어 차를 자급했던 것이다.

“말뚝이라고 하지는 못할 것입니다.”

백장은 화림의 대답에 수긍치 않고 위산에게도 똑같이 물었다. 그러자 위산은 정병을 발로 차서 거꾸러뜨리고는 선원을 나가버렸다. 그러자 백장이 웃으면서 말했다.

“제1좌인 선각이 영우에게 졌구나!”

‘정병의 이름(淨瓶之名)’이란 공안이 탄생되는 순간이었다. 나안은 그때를 생생하게 기억하고 있었기에 백장의 지시를 받아 수십 명의 대중을 이끌고 가 위산 영우를 보좌했던 것이다.

나안이 데리고 온 수십 명의 대중은 ‘하루 일하지 않으면 하루 먹지 않는다.(一日不作 一日不食)’라는 백장의 농선 가풍을 이어 절 부근의 산자락을 논밭으로 일궈나갔다. 농선병행하여 산자락들이 논밭으로 변하자 대중은 500명으로 불어났다.

그런데 위산이 72세 때(842) 회창법난이 일어나고 만다. 대중은 강제 환속을 당해야 했다. 중국불교의 법난法難을 ‘3무 1종’이라고 하는데 북위 무제, 북주 무제, 당 무종, 후주 세종의 박해를 말했다. 그중에서 도술에 심취했던 당 무종이 일으킨 회창법난(842-845)이 가장 참혹했다. 도사 조귀진의 망언을 듣고 불교를 배척하게 된 무종은 비구 스님과 비구니 스님을 강제로 환속시키는 법령을 내린바 환속한 스님이 26만, 파괴된 절이 4천6백 곳이나 되었다. 법령을 어기면 즉시 처형됐다. 순교자는 풀잎의 이슬처럼 사라졌다. 철로 된 불상은 농기구로, 금은으로 된 불상은 돈으로 만들었는데 이때의 돈을 회창개원전會昌開元錢이라고 불렀다. 고작 장안과 낙양의 사찰 4곳에 스님 30명, 주마다 사찰 1곳에 스님 5명에서 20명만 두도록 하였으니 불교는 중국 땅에서 사라진 것이나 다름없었다.

위산의 대중들도 환속하여 변복하고 각자 깊은 산중으로 들어가 법난을 피해 숨어 살았다. 위산도 나안도 앙산도 마찬가지였다. 위산의 법을 받은 41명의 법제자가 모두 그랬다. 마침내 무종이 과보를 받아 일찍 죽고 선종이 즉위한 뒤에야 불법을 허락하는 복불령復佛令이 내렸으나 중국불교는 바로 일어서는 데 시간이 걸렸다.

그러나 위산 밀인사는 달랐다. 바로 선불교의 중심이 됐다. 법난 전에도 500여 대중이 살았고, 법난 후에도 배휴가 당 선종 대중 3년(849)에 황제에게 상주하여 밀인사 불사를 승인하는 칙서를 받고 그가 쓴 밀인사 편액과 승전僧田 1,000무畝(1무는 약 100평)를 기증하려고 밀인사로 출발하였던바, 이에 위산은 대중을 이끌고 칙서를 받으러 영접을 나갔다. 지금도 칙서를 주고받았던 내지요來旨坳라는 지명이 남아 있다. 배휴의 지원을 받은 밀인사는 사마두타의 예언대로 1,500여 대중이 운집했다. 당대 선종의 진면목이 됐다. 회창법난으로 위기를 맞은 선종이 오히려 위산에서는 크게 융성했다.

위산은 법난으로 의기소침해지고 상처받은 선객들을 밀인사로 불러 모았고 법으로 치유했다. 제자 중에는 한때 환속했다는 양심의 가책으로 괴로워하는 앙산 혜적仰山慧寂,(807-883)도 있었다. 어느 날 위산이 앙산에게 물었다.

"〈열반경〉 40권에서 어느 정도가 부처님 말씀이며 어느 정도가 마군의 말이겠느냐."

"모조리 마군의 말입니다."

고즈넉한 밀인사 경책전 앞의 연못과 회랑.

"앞으로는 너를 어찌해 볼 사람이 없을 것이다."

이번에는 앙산이 두 손을 모으고 나직하게 물었다.

"저의 지난 한때의 처신(行履)은 어찌 됩니까."

"너의 바른 안목이 중요할 뿐이니 그때의 네 처신을 묻지 않겠다."

혜적이 변복한 채 숨어 산 것에 대해서 자책하자 위산은 바른 안목으로 위의를 잃지 않고 살았으면 그만이라고 36살 아래의 아들 같은 제자를 위로했던 것이다.

위산은 나안, 즉 훗날 푸젠성의 장경사 주지를 지내게 되는 장경 대안長慶大安(793-883)에게 밀인사 2대 주지를 물려주고 자신은 20리 떨어진 동경사로 가 은거한다. 이후 위산의 법제자인 앙산 혜적이 3대 주지,

향엄 지한香嚴智閑이 4대 주지를 맡았다. 이어서 위앙종 법맥의 문도들이 주지가 되었으나 북송北宋 초년에서 청대淸代 초년에 이르러 위앙종은 임제종으로 합류된다. 밀인사 23대 주지는 석상 초원石霜楚圓의 법사인 운익 덕건云益德乾으로 임제종 법사가 밀인사의 첫 주지가 된 것이다.

밀인사에 상주하는 스님이 가장 많았을 때는 3,700명에 달했다고 하지만 임제종으로 흡수된 까닭은 무엇일까. 겉으로 보이는 거대한 가람들과 대중의 숫자는 허장성세일 뿐이고, 부드러운 종풍과 화로 속에서 불씨 하나를 찾는 반조의 수행이 이어지지 못했기에 임제종 종사들에게 자리를 내주고 만 것이 아닐까. 두말하면 사족일 것 같다.

조당에서 발견한 앙산 선사 7대 제자 중 한 사람인 신라승 순지 선사의 위패.

나를 낳아준 이는 부모이고,
나를 완성해준 이는 벗이다

밀인사 3

중국 불교에 대한 수불 스님의 단상이다. 몇 년 전 스님이 중국의 어느 절 관음원 계단을 내려서는데 난생처음 보는 중국 불자가 스님을 보더니 땅바닥에 엎드려 삼배했다고 한다. 그 불자가 얼마간의 돈을 두 손으로 이마에 받쳐 들고 보시를 하자, 뒤따라오던 스무 명쯤 되는 중국 신도들이 앞서거니 뒤서거니 삼배를 하여 옆에 있던 안국선원 신도들이 크게 감동하였다는 것이다. 그때 스님은 과연 우리 한국 불자들도 저런 신심이 있을까, 중국불교가 사라졌던 게 아니고 국가가 정책적으로 간여하고 있지만, 그 밑뿌리에는 알게 모르게 저력이 있구나, 언젠가 좋은 모습으로 밖으로 나올 때가 있겠구나 하고 느꼈다고 한다.

성철 스님은 '오대산, 보타산이 따로 없다. 신심이 성지聖地다. 신심만 있으면 문수보살이나 관음보살을 볼 수 있다.'라고 했다. 중국에 처음

갔을 때 나는 중국의 젊은 스님들을 만나고 나서 좀 실망을 했다. 당에서 파견된 당원의 지시를 받거나 눈치를 보는 것 같았던 것이다. 그러나 안후이성 무호시 어느 절의 방장 스님을 뵙고는 생각이 달라졌다. 노스님은 절 이곳저곳을 친절하게 안내해 주시더니 산문을 나와 차를 탄 우리 일행을 향해 땅바닥에 엎드려 절하며 배웅했다. 나와 일행 모두의 아상을 깨뜨려 준 하심下心의 한 방망이였다. 한국불교 안에서는 상상도 할 수 없는 일이었다. 지금도 그 노스님의 깊은 신심을 생각하면 미구에 중국 선종이 되살아날 것 같고, 제2의 당송시대 불교가 도래할 것 같은 예감이 든다.

밀인사의 특이한 전각은 경책전警策殿이다. 원래는 선원청규를 지키지 못한 대중이 참회하는 전각이었으나 문화혁명 이후에는 한때 위산향 관리들의 임시청사로 사용되었다고 한다. 지금은 절에서 관리하고 있는데 위산 선사의 위치를 상징하듯 밀인사 전각 중에서 만불전 다음으로 크다.

〈위산경책〉은 출가 수행자들이 수행의 첫걸음, 즉 행자 교육을 마치고 강원 1년 차에서 배우는 책 〈치문〉에 나온다. 불법을 공부하는 데 승속의 구분이 어디 있겠는가. 재가자도 마음이 맑고 향기로우면 청산에 있는 것이나 마찬가지일 터이다. 따라서 첫 마음을 낸 공부인에게 〈위산경책〉은 더 없이 귀하다. 경책전에 들어서 내가 좋아하는 구절을 떠올려 본다.

"부처님께서는 출가자에게 도를 닦고 몸을 단속하는 데에는 옷과 밥과 수면, 이 세 가지를 넉넉하게 하지 말라고 경계하며 법도를 지어주셨다."

이른바 삼부족三不足으로 의부족衣不足, 식부족食不足, 수부족睡不足한 청빈한 자리에서 수행하라는 당부다. 다음의 말씀도 늘 잊히지 않는다.

"먼 길을 갈 적에는 좋은 도반과 동행하여 자주자주 눈과 귀를 맑게 하고, 머무를 때에도 반드시 도반을 가려 때때로 아직 듣지 못한 것을 들어야 한다. 그러므로 속서俗書에도 이르기를 '나를 낳아준 이는 부모이고 나를 완성해 준 이는 벗이다.'라고 하였던 것이다. 착한 사람을 가까이하는 사람은 마치 안개와 이슬 속을 가는 것 같아서, 비록 당장에 옷이 젖지는 않아도 점점 촉촉하게 적셔진다. 한편, 악한 사람과 친하게 지내는 사람은 나쁜 지견을 길러서 아침저녁으로 악한 짓을 하게 되는데, 가까이는 목전에서 과보를 받고 멀게는 죽은 뒤에 윤회에 들게 된다. 한번 사람의 몸을 잃으면 영원히 다시 인간으로 태어나기 어렵다. 충성스러운 말이 귀에는 거슬리나 어찌 마음에 새겨두지 않을 수 있겠는가."

'먼 길을 갈 적에……'란 구절은 순례 중인 우리 일행에게도 해당한다. 경책전에 들어 다시 한 번 새겨보는 뜻깊은 시간이다. '나를 낳아준 이는 부모이고, 나를 완성해 준 이는 벗이다.'라는 구절이 오늘따라 가슴에 더 와 닿는다.

나를 완성해 준 사람은 누구일까. 그를 일러 도우道友라고 할 것이다. 천 년 전 밀인사에 머물며 위산 문하에서 정진했던 앙산과 향엄 지한香嚴 智閑(?-898)의 우정이 그립다. 하루는 위산이 향엄을 불러 말했다.

"너는 백장 스님께서 하나를 물으면 열을 대답하고 열을 물으면 백을 대답했다고 들었다. 이는 네가 총명하고 영민하여 이해가 뛰어났기 때문일 것이다. 그러나 그보다는 바로 이것이 생사의 근본이다. 부모가 낳아주기 전 너의 본래면목에 대해 한 마디 말해 보아라.”

향엄은 말문이 막혀 방으로 돌아와 모든 경서를 뒤져가며 대답을 구했지만 끝내 찾지 못하고 자탄했다.

“그림 속의 떡은 배고픈 배를 채우지 못한다.”

이후 향엄은 기회를 내어 위산에게 달려가 가르침을 청했다. 그때마다 위산은 말했다.

“만일 너에게 대답해 준다면 너는 뒷날 나를 욕할 것이다. 무엇이든 내가 말하는 것은 내 일일 뿐 결코 너와는 관계가 없느니라.”

마침내 향엄은 평소 즐겨 보았던 경서들을 불태우면서 말했다.

“금생에는 더는 불법을 배우지 않고 이제부터는 멀리 만행하면서 얻어먹는 밥중 노릇이나 하면서 몸뚱이를 편케 하리라.”

향엄은 위산 앞에서 눈물을 흘리며 절을 떠났다. 그는 남양南陽 지방을 만행하다가 혜충 국사 탑을 참배하고는 그곳에 머물렀다. 그런데 하루는 마당가 잡초를 뽑다가 우연히 기왓장 한 조각을 집어던졌는데, 기왓장 조각이 대나무에 부딪히는 소리를 듣고는 단박에 위산이 준 화두를 깨달았다. 향엄은 서둘러 처소로 돌아와 목욕하고 향을 사르고 스승 위산이 있는 쪽을 향하여 절했다.

“스승님의 큰 자비는 부모님 은혜보다 크십니다. 그때 저에게 그 일을 말해 주셨더라면 어찌 오늘 깨달음이 있겠습니까!”

이 소식을 위산이 전해 듣고 앙산에게 ‘향엄이 깨친 모양이구나.’ 하자, 앙산이 향엄의 게송을 살펴보고 난 뒤 ‘이 게송은 지견으로 따져서 쓴 것입니다. 제가 직접 확인하겠습니다.’ 하였다. 이후 앙산이 향엄을 만나 말했다.

"스님께서 사제가 깨달은 것을 칭찬하셨소. 그 일을 한 번 말해보시오."

향엄이 오도송을 읊조리자 앙산이 말했다.

"이는 지난번 일을 기억으로 말하는 것이오. 정말로 깨쳤다면 달리 말해 보시오."

향엄이 또 게송을 지었다.

지난해 가난은 가난이 아니고
올해의 가난이 진짜 가난이네.
지난해 가난은 바늘 꽂을 땅이라도 있더니
올해의 가난은 바늘마저 없구나.
去年貧未是貧
今年貧 始是貧
去年無卓錐之地
今年錐也無

앙산이 말했다.

"여래선은 사제가 알았다고 인정하겠소만 조사선은 꿈에서도 보지 못했소."

지난해보다 올해가 더 가난해졌다는 말은 해를 거듭할수록 깨달음이 깊어졌다는 뜻이므로 점점 닦아가는 돈오점수頓悟漸修의 입장이었다. 그러나 향엄은 앙산의 말끝에 문득 깨닫고 다시 게송을 지어 읊조렸다.

나에게 한 기틀이 있어

눈 깜박여 그대에게 보이니

만약에 이 이치를 알아채지 못한다면

따로 사미를 부르리라.

我有一機 瞬目視伊

若人不會 別喚沙彌

앙산이 이 일을 위산에게 보고했다.

"반갑게도 지한 사제가 조사선을 이뤘습니다."

한 기틀을 눈을 깜박여 보여주는 것은 본래성품을 있는 그대로 드러내 보여주는 돈오돈수頓悟頓修를 드러내는 것이었다. 이처럼 앙산과 향엄이 탁마한 것을 두고 훗날 위산의 철纂 스님은 '눈과 서리가 없으면 송백松柏의 지조를 어찌 알겠는가!'라고 평했는데, 〈위산경책〉에 나오는 구절의 벗처럼 향엄을 완성하여 준 이는 앙산이 아닐까 싶다.

수불 스님도 순례 중에 '깨닫고 난 뒤의 갈림길'을 법문하신 바 있다. 향엄이 견성하고 난 갈림길에서 더 큰 인연을 짓게끔 앙산이 이정표가 되어 준 선화禪話라고 할 수 있다.

"백장 스님이 위산 스님을 불씨 하나로 깨닫게 해주고 난 뒤 '이것은 갈림길에서 드러난 인연이다.'라고 말씀하시잖아요. 네가 이제 큰일을 했지만, 갈림길에서 나타난 어떤 결과이기 때문에 거기에 집착하지 말라는 얘깁니다. 그래서 위산 스님은 백장 스님의 그 말을 믿고 공부해서 더 큰 인연으로 거듭났던 것입니다."

강직한 성품이 엿보이는 재상 배휴가 쓴 조당 편액.

그러면서 스님은 더 큰 인연으로 거듭나는 것과 보림이란 말과는 엄격하게 구분했다.

"깨달음의 눈을 뜬 사람에게는 보림이란 말 자체가 어리석은 말이지요. 그러나 부처님도 중생의 근기에 따라 말씀을 하셨듯이 보림이란 말을 해야 할 때는 사용해도 어쩔 수 없겠지만 눈 뜬 사람에게 그런 말을 했다가는 뺨따귀를 맞게 되지요. 또한, 갈림길의 인연이 각자 다른 것은 업이 그러하니 그런 겁니다."

스님이 말씀하신 갈림길이란 돈오점수와 돈오돈수의 차이를 지적하신 것이다.

경책전을 나서니 배휴 글씨로 쓴 편액의 조당이 있다. 조당에는 위산

〈육조단경〉을 사숙하던 청년 모택동이 머물렀던 밀인사 골방.

과 앙산의 영정이 걸려 있고, 그 하단에 위패들이 봉안되어 있다. 그중 한 위패가 내 눈길을 붙잡는다.

'嗣法新羅順支禪師'

무슨 인연으로 신라 순지 선사의 위패가 밀인사 조당에 봉안돼 있는지 발걸음을 멈추게 한다. 아무도 아는 이가 없어 국내에 돌아와 살펴보니 순지는 앙산의 7대 제자 중 한 분이다. 신라 헌안왕 2년(858)에 입당하여 곧바로 앙산을 찾아 입실제자가 되었다고 한다. 순지가 밀인사에 온 것은 줄곧 앙산의 좌우를 떠나지 않고 참학한 까닭이었다. 경문왕대에 귀국하여 오관산 용암사와 서운사에 머물렀으므로 순지를 오관산 서운 화상이라 부르기도 했다. 앙산의 일원상一圓相 가풍을 우리나라에 처음 전한 선사로서 세수 65세에 입적하니 시호를 료오了悟, 탑호를 진원眞原이라 하였다.

조당 뒤편 요사 팻말에 모택동유숙처毛澤東留宿處라고 적혀 있다. 침상이 하나 있는 조그만 골방이다. 1917년 청년 모택동은 영향현에 머무는 동안 평소 흠모했던 밀인사 주지스님과 3일 밤낮을 토론한 끝에 자신의 정치신념을 굳혔다고 한다. 훗날 주석이 된 그는 1956년에 영향 현위서기縣委書記 장학정張鶴亭을 만나 다음과 같은 글을 써 주면서 밀인사를 보호하도록 지시한다.

'위산은 좋은 지방으로 밀인사가 있으니 마땅히 잘 보호해야 한다 (潙山是个好地方 有个密印寺 應該好好保護起來).'

모택동이 정치적인 수사로만 한 말은 아닌 것 같다. 그는 15살 때 모친이 앓아눕자 남악 관음대를 찾아가 기도했고, 27세 때 여금희黎錦熙에게 보낸 편지에서 '불학佛學 도서를 구해서 보내 달라'고 요청했다. 그리하여 그는 〈금강경〉, 〈화엄경〉〈육조단경〉을 접하게 된다. 특히 그는 〈육조단경〉을 전문가적 수준으로 이해한 바, 혜능을 '선종의 진정한 창시자이자 중국불교의 조사'라고 평했으며 〈육조단경〉의 가치를 억압받던 중국인민의 '주관적 능동성을 돌출시킨 중국 철학사상의 거대한 약진이다'라고까지 극찬했다. 그러면서 그는 '최고의 불경은 바로 노동인민의 불경인 〈육조단경〉이며, 노동인민은 바로 혜능이었다'고 말했다.

위산과 배휴가 심었다는 은행나무 아래 조성된 조그만 광장 벽에 모택동의 친필 글씨가 보인다. 종교와 정치가 분리되지 못한 중국불교의 어쩔 수 없는 현실을 보는 것 같지만 그래도 승속 간에 신심의 우물이 메마르지 않은 한 중국불교의 미래는 밝다는 느낌이 든다.

위산 선사가 말년에 은거한 동경사 터에 위치한 대원 영우 선사 정혜탑.

순례자 일행은 왔던 길을 되돌아 위산이 말년에 은거한 동경사 터로 가 묘탑을 참배하기로 하고 밀인사를 나선다. 묘탑은 당 대중 10년(856)에, 그러니까 위산이 입적한 3년 뒤에 이경李㻑이 위산의 묘탑을 만들어 줄 것을 상주하여, 함통 4년(863)에 황제가 문도를 조정으로 불러 시호를 대원大圓, 탑호를 정혜淨惠라고 정하여 내렸다. 입적한 지 10년 만이니 위산에서 장안이 결코 녹록한 거리는 아니었던 것 같다.

위산의 묘탑을 내려서는 다암거사의 얼굴에 법열이 흐른다. 법열이 솟구친 까닭은 나중에 들은바, 간화선체험을 하고 난 뒤 현실로 돌아왔을 때 모든 상황으로부터 걸림이 없을 것 같았는데, 업과 습기에 의해 그렇지 못해오다가 묘탑 뒤 벽에 새겨진 위산의 가르침 한 구절을 보고 확신을 가지게 되었다는 것이다.

'실제 이치의 땅에서는 한 티끌도 받아들이지 않지만 만행의 문중에서는 한 법도 버릴 게 없다(則實際理地不受一塵 萬行門中不捨一法).'

체험과 현실이 습기란 것 때문에 화학적 변화를 일으키지 못하고 물리적 변화에 머물러 아쉬워하고 있었는데, '만행의 문중에서는 한 법도 버릴 게 없다'라는 위산의 가르침을 보고는 마음속의 미진함이 사라졌다는 얘기다. 이렇게 현장의 인연을 통해 시간을 뛰어넘어 고인에게서 가르침을 받을 수 있다는 것이 순례의 묘미가 아닐까.

임제종 황룡파와 양기파의 발원지인 석상사 선당에서 좌선의 정복을 누리고 있는 순례 일행.

선종 5가 7종 중 가장 큰 세력을 떨친 황룡파와 양기파를 배출한 석상 초원 선사 묘탑.

문으로 들어오는 것은 가보家寶가 아니다

석상사 1

석상 초원 선사

　선禪을 가장 극단적으로 표현한 말 중에는 임제 선사의 '부처도 죽이고 조사도 죽여라.(殺佛殺祖)'일 것이다. 본래의 자기 자신을 매 순간 온전하게 드러내면 되는 것이지 이미 알고 있는 역사적인 부처와 조사의 가르침에 갇히지 말라는 뜻이다. 벽안의 수행자 현각 스님도 '선불교는 재즈다. 선승의 생활은 재즈와 같다. 많은 종교가 형식과 틀, 어떤 룰을 강조하는데 선불교는 다르다. 재즈처럼 자유롭고 즉흥적인 연주를 할 수 있다.'라고 말한다. 그래서 선승의 길을 자유롭게 가는 자신은 행복하다고 말한다.

　다 알다시피 재즈는 사랑과 자유를 노래하는 데 원초적이고 즉흥적이고 찰나적인 감성을 중시하는 미국의 대중음악 장르 중의 하나다. 온몸으로 살고 온몸으로 죽는 활발발한 선기禪機와 흡사한 특성이 있다. 이것이 바로 선의 역동성이다. 선이 선방에 갇혀 관념화되어 간다면 그 선은 결국 생명력을 잃고 말 터. 선은 선방의 좌복을 떠난 자리에서 더 빛을 발할지도 모른다. 선방의 울타리를 벗어나 홀가분한 만행과 먼 길의 순례를 하는 이유가 바로 그것이다. 도道가 어디에 있느냐고 묻자, 부처님은 호흡과 호흡 사이에 있다고 설했다. 순례 중인 나는 순간순간 내 발자국이 찍히는 자리라고 말하고 싶다. 석상사石霜寺로 가는 길에 만난 모든 인연이 나의 선지식이듯 합장하며 순례하고 싶다.

순례하는 동안 신심이 깊어지게 하는 것들이 있다. 수불 스님이 펼치는 야단법석과 동행하는 분들의 체험담이 그것이다. 어젯밤도 유양시瀏陽市의 한 숙소에서 차담을 나누는 동안 안국선원 신도들에게 존경받는 무량심 회장 보살의 얘기를 들었다. 회장 보살이 불교와 인연을 맺게 된 사연도 절절했다.

"부유한 부모를 만나 결혼하기 전까지는 세상 물정 몰랐어요. 초승달만 봐도 좋고 별만 봐도 좋았어요. 세상이 무지개와 같이 아름답기만 했거든요. 그러나 결혼하고 3년 뒤부터는 암흑 속으로 빠져들었어요. 몸이 병들기 시작했지요. 모친이 걱정되어 사직동 친정집 옆에 새로 집을 지어주었어요. 생사가 왔다 갔다 하니까 제 얼굴 보려고 그러셨지요. 그러던 어느 날이었어요. 식탁에 우두커니 앉아서 커피를 한 모금 마시는데 제가 없는 거라요."

보살은 커피잔을 내려놓고 울기 시작했다. 남편 거사가 퇴근해 온 저녁때까지 울었다. 옷을 갈아입는 거사의 바지를 잡고 '당신한테 오고 나서부터 내가 없어진 것을 오늘 처음 알았으니 나를 찾아내라.'라며 울었다. 이윽고 남편이 전화해 모친이 뛰어왔고, 모친과 남편의 권유로 모친이 다니던 소림사를 오가게 되었다. 부처님 일대기나 불교교리를 알고 싶어 처음으로 집에서 법사를 모시고 서른 명이 법회를 가졌다. 나중에는 보림사 법당을 빌려 매주 화요일마다 2년 6개월 동안 공부했다. 그러고 나서 새벽 2시 반에 일어나 목욕재계하고 6년쯤 새벽기도를 했다. 천일기도를 두 번 하는 동안에는 백일이 지나니 2시 반만 되면 저절로 일어나졌다. 제사를 지내 피곤하여 조금 늦을 때는 문에서 "팍!" 하는 소리가 나 벌떡 일어났다. '누가 나를 깨우는가 보다.' 하고 신바람이 나 10년을 넘게 했다. 낙산사 같은 데서 밤새 기도했다. 저녁에 법당으로 들어가 발뒤꿈치 들고 아침예불 때까지 관음보살을 불렀다.

"발뒤꿈치를 드는 게 처음에는 어려웠지만 3년 정도 지나니 5분만 지나고 나면 몸이 파리똥만한 점이 되어 밤새 그렇게 설 수 있었지요. 저는 그게 선정인 줄 알았어요."

회장 보살이 수불 스님을 만난 것은 그 무렵이었다. 알고 지내던 옥련화 보살이 범어사 행자복 15벌을 보시할 시주를 찾고 있었던 것이다. 보살은 시주금을 가지고 범어사 내원암으로 갔다. 마침 내원암에는 수불 스님이 능가 노스님을 모시던 중이었고, 보살은 희유한 꿈을 꾸고 난 뒤부터 가슴이 몹시 갑갑한 상태였었다. 꿈에 하얀 새가 하늘에서 한 마리 두 마리 날아와 모이더니 무슨 글을 쓰고 나서 보살은 하늘 글을 읽을 줄 알아야 한다고 점지했다. 그 순간 눈앞이 깜깜하고 목이 막혀 잠에서 깼고 가슴이 답답해져 버렸다.

"내원암으로 올라가 스님을 처음 봤어요. 그런데 스님 몸뚱이에서 흰 우윳빛이 확 나오더니 나를 덮어씌우더라고요. 순간 갑갑한 게 시원해진

거라요. 그때 스님 하시는 말씀이 보살은 지금까지 절에 다녔지만, 아무 것도 모른다는 거예요. 보살이 아는 불교가 불교인 줄 아느냐 그래요. 시원해진 줄 알았는데 뭔가 와르르 무너지는 것 같더라고요. 마침 또 어느 한 보살이 지나가는데 말씀하시데요. 저 보살의 머리카락을 탁 보는 즉시 한 올도 틀리지 않고 완벽한 숫자가 나와야 그게 불교이자 불법이라고.”

보살은 그 자리에 털썩 주저앉아 버렸다. 잠시 후에야 일어나 능가 노스님에게 가지도 못하고 집으로 돌아오고 말았다. 보살은 다시 내원암 으로 찾아가 스님에게 삼배를 올리며 스승 되기를 간청했다. 그리고 다음 번에는 스님을 법회 장소인 총무 집으로 초대했다.

“화요일 법회 모임의 총무 집에서 겪은 일이지요. 스님을 모시고 부 회장 두 사람이 함께 한 자리였어요. 총무가 다식이 담긴 과반을 스님 옆 에 놨어요. 스님이 포크로 배를 한 조각 찍어 들고는 ‘불법은 별다른 도리 가 아니다. 바로 이 속에 다 있다. 이거만 알면 다 된다. 이렇게 하는 놈이 무엇인 줄만 알면 다 된다.’라고 말씀하셨지요. 하지만, 저는 아무 소리도 못 듣고 순간적으로 빈 허공에 비닐 막 같은 것이 쫙 갈라지더니 포크가 포크 아닌 도리를 알겠더라고요. 그럼 내가 막 속에 갇혀 살았나, 그게 착 각이었던가 하고 말이에요. 점심을 드시고는 다른 보살 집으로 옮겼는데 스님은 2층 응접실에 계셨고 우리는 아래층에 있었지요. 그 친구가 차를 타러 부엌으로 간 사이에 저는 창문 너머 정원의 작약 꽃봉오리와 마주 쳤어요. 그 순간 화산이 터지듯 발끝에서 머리끝까지 내 몸뚱이가 산산조 각이 난 거라요. 하늘에서는 얼마나 큰 우렛소리가 나는지 나는 목이 달 아나는가 싶어 소리를 질렀지요. 그런데 날아간 줄 알았던 몸뚱이는 그대 로 있고 말로 표현할 수 없는 통쾌함이 몰려와요. 2층으로 올라가 스님께

제가 달라졌다니까 한두 마디 말씀으로 점검하시더라고요.”

보살은 감정에 휘둘리지 않고 자기파도 넘실넘실 타고 넘을 줄 알고 자기 이성과 의지대로 살아지는 것이 견성 체험 이후의 변화라고 술회했다. 한 생각 일으키기 이전에 이루어진다고 하니 주인공으로 산다는 뜻이었다.

석상사로 가고자 순례자 일행은 숙소에서 버스를 타고 일찍 나선 셈이다. 그러고 보니 아직도 후난성湖南省을 벗어나지 못했다. 헝양衡陽의 밀인사나 리우양瀏陽의 석상사나 모두 후난성의 절인 것이다. 버스가 석상사 가는 길로 진입하자마자 지체된다. 비 온 뒤의 비포장도로가 엉망이다. 겨우 교행하는 비포장도로인데, 어디선가 고장 난 차가 길을 막고 있어 차들이 꼬리에 꼬리를 물고 있다. 스님이 다시 마이크를 잡고 야단법석을 편다. 석상사도 꿈에 보았다고 하신다. 꿈속의 석상사는 절 앞으로 물소리가 날 정도의 시냇물이 흐르고 있었는데, 꿈이 맞는다면 전생에 한 번 왔다간 인연일 거라며 순례자들의 귀를 기울이게 한다.

“이 길이 과거에는 강서와 호남을 잇는 대표적인 길이었을 겁니다. 우리가 〈원오심요〉를 공부했지만 원오 스님도 양자강의 배를 타고 사천성으로 왔다 갔다 했을 뿐만 아니라, 또 걸어서는 장가계쪽 협산사에서 장사로 내려와 강서로 갈 적에는 이쪽 길을 이용하지 않았나 하는 생각이 듭니다. 리우양瀏陽 석상사에서 주무시고 강서의 백장사, 황벽사를 넘어서 진여 선사로 넘어가는 일정을 택한 여정이었을 것 같습니다. 과거에 큰 스님들이 동서를 왕래할 적에 이 길을 많이 이용하였을 텐데 지금 우리도 이 길을 지나고 있어 감회가 큽니다.”

과거의 큰 스님이란 당연히 덕산 선사 회상의 암두와 설봉도 포함될 것이다. 스님은 암두 스님과 설봉 스님의 기연奇緣까지 법문하신다. 덕산 선사가 말년에 상좌로 맞아들인, 천재적인 소양을 지닌 암두는 설봉보다 6살이 적었지만 후난성 오산진에서 설봉을 크게 깨치게 했다고 한다. 당시 설봉은 덕산 선사를 찾기 전에 투자를 세 번, 동산을 아홉 번 참방한바 이를 삼도투자 구지동산三到投子 九至洞山이라 했는데, 동산과 투자산까지는 무려 5천 리나 되는 먼 거리였다고 하니 설봉의 간절한 구도의지가 어땠는지 짐작이 된다. 특히 동산 밑에서는 삼십대 중반까지 공양주 소임을 지냈는데, 그렇게 해서라도 뼈저리게 자기 정진을 놓지 않으려는 근기를 내보였던 것이다. 다음은 그때의 일을 보여주는 선화다.

설봉이 공양주(飯頭) 소임을 보면서 쌀을 이는데 동산 스님이 다가가 물었다. "모래를 일어 쌀을 걸러내느냐, 쌀을 일어 모래를 걸러내느냐." "모래와 쌀을 다 걸러냅니다." "그러면 대중은 무엇을 먹으라고." 설봉이 대답 대신 쌀 쟁반을 엎어버리자 동산 스님이 말했다. "너의 인연을 보건대 덕산德山에 있어야만 하겠어."

수불 스님은 이쯤에서 동산 스님의 너그러운 성품을 평한다. 동산 스님은 공양주가 쌀을 엎어 버렸는데도 화를 내지 않고 '너와 나의 인연은 이쯤인 것 같다. 네가 나를 믿고 이렇게 찾아와 공부해 온 것은 고맙지만 내가 볼 적에 너는 기질로 보아 덕산 스님하고 인연이 있는 것 같으니 바로 그곳으로 가라.'라고 여유를 보였다는 것이다. 결국, 설봉은 덕산 선사를 찾아가 물었다.

"예부터 내려온 종문에 저도 자격이 있습니까."

덕산 선사가 몽둥이로 한 대 때리며 '뭐라고?'하자, 설봉이 '모르겠습니다.'하고 대답했다. 다음날 설봉은 다시 덕산 스님을 찾아가 가르침을 청하자 스님이 말했다.

"우리 종문에는 말이란 것이 없으며 다른 사람에게 줄 그 어떤 법도 없다."

설봉은 이 말에 크게 사무쳤다. 이후 설봉은 사형 암두와 예주 오산진에 갔다가 눈이 내려 그곳에 함께 머물게 되었고, 그때 암두는 날마다 잠만 자므로 오로지 좌선만 하고 있던 설봉이 어느 날 암두를 부르며 말했다.

"사형! 금생에는 틀렸나 봅니다. 전에 문수란 작자와 행각할 때는 가는 곳마다 그 작자가 귀찮게 굴더니 이번에는 사형이 잠만 자고 있지 않습니까."

순간 암두가 '악!'하고 할을 했다. 그러고 나서 말했다.

"잠이나 실컷 자두시오. 매일 선상에 앉아 있는 꼴이란 촌구석의 토지신 같으니 훗날 사람들을 홀릴 것이오."

"나는 이 속에 답답한 것이 남아 있습니다. 감히 자신을 속일 수 없습니다."

그리하여 설봉은 지금까지 공부해 온 자신의 견처見處를 암두에게 하나하나 점검을 받았다. 그러나 암두는 아직 깨달음의 인연이 도래하지 않은 설봉의 견처를 다 부정했다.

"그대는 듣지 못했는가. 문으로 들어오는 것은 가보家寶가 아니란 말을. 훗날 그대가 부처님의 가르침을 널리 펴려 한다면 자기 가슴 속에서 흘러나오는 그대로 나에게 보여주시오. 그렇게 된다면 하늘을 덮고 땅을

당 희종이 내린 '당석상숭승선사' 사명을 새긴 석상사 산문. 예전에는 이 산문 앞에 시냇물이 소리치며 흘렀다고 한다.

뒤덮을 것이오.”

설봉은 암두의 말끝에 깨닫고 소리쳤다.

“사형! 오늘에야 비로소 이곳 오산진에서 도를 이루었소.”

설봉이 암두에게 내보인 것은 모두 밖에서 배운 이론이었기에 암두는 설봉에게 스스로 모든 것을 갖추고 있으므로 밖에서 구할 것이 없음을 자각하라고 가르친다. 거기서부터 설봉은 비로서 가슴 속에서 흘러나오는 소리를 낼 줄 알게 된다. 설봉은 암두의 말끝에 본래 가지고 있던 보배를 발견해낸 것이다.

훗날 암두는 뱃사공 노릇을 하고, 설봉은 고향으로 돌아가 천오백 대중을 거느리게 되는데 설봉 문하에서 운문종과 법안종이 태동하게 되었다고 한다. 마침 버스가 석상사 초입의 산허리를 들어서자, 수불 스님이 버스 안 법문을 마치신다. 버스가 산모퉁이를 몇 번이나 돌고 도는데 산세가 마치 한 폭의 수묵화 같다. 이윽고 절의 담에 새겨진 석상사 안내문이 보인다. 배휴의 지원으로 창건된 석상사는 당나라 희종이 ‘숭승선림崇勝禪林’이라 칭했으며 임제종 황룡파와 양기파의 발원지라는 구절이 눈에 띈다.

좌선과 방선 시간을 알리는 선당의 큰 쇠종이 석상사의 선풍을 보여주는 듯하다.

옛 사당의 향로같이 정진하여
한 가닥 흰 비단이 되라

석상사 2

경내를 참배하는데 두 개의 고련古聯이 보인다. 경저전선지慶諸傳禪地 초원설법장楚圓說法場 짝을 이루고 있다. 석상사의 정체성을 두 구절로 요약한 고련이다. 석상 경저(807-888) 가 선을 전했고, 석상 초원(987-1040) 이 법을 설한 도량이라는 뜻이다.

석상 경저가 상화산霜華山으로 들어온 때는 30세(836)였다고 한다. 그러니까 전해에 스승 도오 종지道吳宗智(769-835)가 입적하자 도오산에서 스승의 영골靈骨을 수습했고, 이후 석상사로 들어와 회창법난 때 리우양(瀏陽)의 도자기 촌에서 도공으로 4년 동안 피해 있다가 82세에 입적 때까지 주석하였던 것이다.

석상사 조성照性 주지 스님은 출타 중이고, 대신 얼굴이 후덕하게 큰 지객 스님이 안내한다. 선당禪堂 앞에서 수불 스님이 지객 스님에게 순례자 일행이 잠시 좌선할 수 있느냐고 요청하자 허락한다. 선당은 석상사의 20여 명 되는 대중 스님이 일과표에 따라 좌선하는 모양이다. 밖에서 선당 안을 볼 수 없도록 창에 칙칙한 커튼이 쳐져 있는데, 우리나라 선방처럼 밝지 않고 어두침침하지만 실제로 이용하고 있다는 증거다.

선당 중심에는 특이하게 오불관五佛冠을 쓴 비로자나 부처님이 보인다. 오불관을 쓰게 되면 대부분 스님상인데, 여기서는 비로자나 부처님이라고 한다. 참고로 안후이성 구화산 화성사나 저장성浙江省 절에서 지장왕 보살로 추앙받는 신라 김지장 스님도 오불관을 쓰고 있다.

비로자나 부처님 뒤편의 방장실에는 수불 스님이 앉고, 순례자 일행은 벽을 따라서 마루에 앉는다. 입정을 알리는 죽비소리가 나자 선당 안은 단박에 침묵의 영원 속으로 빠져든다. 한순간이 영원이라 했던가. 나는 눈감은 채 석상 경저 선사의 행적을 따라나선다.

석상 경저는 장시성江西省 창강현 출신으로 13세에 난창南昌 서산 소감에게 삭발하고 23세에 영은 숭악에게 수계 받고 율장을 공부했다. 그러나 공부가 흡족하지 않아 남쪽으로 만행하다가 대위산으로 들어갔다.

경저는 위산 회상에서 쌀을 관리하는 미두米頭 소임을 보았다. 하루는 키로 쌀을 까부는데 위산이 말했다.

"시주물을 흘려버리지 말게."

"흘려버리지 않았습니다."

위산은 쌀 한 톨을 땅바닥에서 주워들고는 말했다.

"너는 흘려버리지 않았다지만 이건 뭔가."

경저가 대답하지 못하자 위산이 다시 말했다.

“한 톨의 쌀이라도 가볍게 여기지 말게. 모든 쌀이 이 한 톨에서 나오지 않겠는가.”

“모든 쌀이 이 한 톨에서 나온다면 이 한 톨의 쌀은 어디서 나오는 것입니까.”

위산이 크게 웃고 방장실로 가버렸다. 그날 저녁 위산은 법석에 올라 말했다.

“대중들이여, 잘 살펴라. 쌀 속에 벌레가 있구나.”

이로써 ‘쌀 속의 벌레(米里有虫)’라는 공안이 생겨난다. 경저는 대위산을 떠나 이번에는 도오산의 도오 종지道吾宗智를 참방한다. 경저는 도오에게 예를 갖추고 나서 물었다.

“보이는 것마다 깨달음(觸目菩提)이라는데 무슨 뜻입니까.”

도오는 대답하지 않고 시자를 불러 정병에 물을 떠 오라고 했다. 그러고서 좀 전의 상황을 잊은 듯 경저에게 물었다.

“좀 전에 내게 무얼 물었더라.”

경저가 말을 하려 했다.

“아, 네.”

그러나 도오는 듣지 않고 방장실을 나가버렸다. 시자더러 정병에 물을 떠 오게 하는 것이 답이었던 것이다. 순간 경저는 대위산에서 얻지 못했던 깨달음을 이뤘다. 비로소 도오산에서 자신의 본래 성품을 견철한바 도오를 오랫동안 시봉했다.

이 선화를 두고 두 가지로 해석하는데, 맞을 수도 있고 두 가지 다 틀릴 수도 있으니 조심해야 한다. 그 하나는 평상심이 깨달음이라는 것이고, 다른 하나는 깨달음을 얻으려면 정병의 물처럼 더러움에 물들지 말아야 하고 정병처럼 비어 있어야 한다는 것이다.

도오가 입적을 앞두고 법석에 올라 대중에게 물었다.

"내 마음속에 한 물건이 있어 오랫동안 근심하지 않을 수 없었다. 누가 나를 도와 한 물건을 없애주겠는가."

"그 물건은 형상이 없습니다. 그것을 없애려고 하면 할수록 근심하게 될 뿐입니다."

경저의 대답에 도오는 크게 칭찬했다. 그리고 나서 도오는 경저가 깨달은 바를 인정하고 자신의 법을 전했다. 이로부터 7년 뒤 회창법란이 일어나자 경저는 변복을 하고 리우양(瀏陽)의 도자기 촌으로 들어가 숨었다. 그러나 동산 양개 선사의 문인이 도자기 촌을 들렀다가 경저와 법거량을 하게 되었는데, 이후 소문을 들은 사람들이 구름처럼 몰려들었다. 할 수 없이 경저는 석상사로 돌아와 개당설법을 하였다.

재상 배휴가 석상사 중창을 지원하게 된 까닭은 경저 선사의 법력을 흠모했기 때문이었다. 어느 날 배휴가 석상사를 찾아왔을 때였다. 경저가 배휴에게 다가가 그가 든 홀笏을 갑자기 낚아채더니 이렇게 물었던 것이다.

"이 물건이 황제의 손에 있을 때는 대규大圭라 부르고, 재상의 손에 있을 때는 홀이라 부르는데, 이 노승의 손에 있을 때는 무엇이라 부르겠습니까."

경저는 배휴가 대답을 못하자 홀로 때리는 시늉을 했다. 그것이 재상 배휴를 맞이하는 최상의 대접이었다. 이후 배휴의 홀은 선시의 소재가 됐다. 훗날 불인 선사는 법거량을 하여 진 소동파에게 옥대를 풀게 한 뒤, 다음과 같은 선시를 남겼던 것이다.

석상 스님께서 배휴의 홀을 빼앗은 일이

석상사 선당 방장석에서 선정에 드신 수불 스님과 각정 스님(왼쪽), 법일 스님(오른쪽)

삼백 년 동안 사람들의 입에 오르내렸지만
오랫동안 밝은 달과 흠 없이 함께 할
소동파가 풀어놓은 옥대만이야 하겠는가.

石霜尊得裴休笏 三百年래衆口誇

長和明月共無瑕 爭似蘇公留玉帶

석상 경저는 석상사에서 30년 동안 주석하면서 이른바 석상칠거石霜七去를 가르쳤다. 휴거休去, 헐거歇去, 냉추추지거冷湫湫地去, 일념만년거一念萬年去, 한회고목거寒灰古木去, 고묘향로거古廟香爐去, 일조백련거一條白練去 등이 그것이다. 그런데 이와 같은 칠거는 석상 경저가 입적한 이후 대중들 사이에 다시 한 번 화두가 되었다. 경저가 후계자를 지목하지 않고 떠났기 때문이었다. 대중들은 관례상 수좌를 방장으로 추대하려고 했다. 그러나 경저를 시봉했던 구봉 도건九峰道虔이 반대했다. 구봉이 수좌에게 말했다.

"스승님께서 '쉬고, 쉬며, 맑고 고요하게 하며, 한 생각이 만년이듯 하며, 재와 마른 나무같이 하며, 옛 사당의 향로같이 하며, 그리하여 한 가닥 흰 비단처럼 되라.'라고 하신 칠거 법문이 무슨 뜻인지 말씀해보시겠습니까."

"한결같이 순일 무잡한 도리를 밝히신 것이니라."

"그것은 스승님의 뜻이 아닙니다."

이에 수좌는 향 한 줄기가 타는 동안 좌탈하여 생사에 자유자재함을 드러내 보였다. 그래도 구봉은 수좌의 등을 두드리며 "앉아 죽고 서서 죽는 일은 능하지만, 우리 스님의 도리는 꿈속에서도 보지 못했습니다." 하고 인정하지 않았다.

사람들은 석상 경저의 선을 고목선枯木禪이라고 불렀다. 한때 대중이 1천여 명이나 되었는데 그중에서 8백 명의 대중이 고목처럼 앉아 눕지 않고 장좌불와를 했다고 한다. 그래서 석상사 대중들을 고목들, 즉 고목중枯木衆이라 했는데, 세 명의 태자가 석상사로 출가하여 경저에게 귀의한 데다, 대중들이 장좌불와 한다는 소식을 들은 당 희종은 크게 고무되어 사신을 통해 붉은 가사(紫衣)를 내렸으나 경저는 사양할 뿐이었다.

좌선을 끝내고 조사전으로 가보니 석상 경저는 개산조사로, 석상 초원은 중흥조사로 모시고 있다. 경저 선사의 법을 받고 귀국했다는 신라승 낭공郎空의 흔적은 아무리 둘러보아도 없다. 석상 초원은 전주全州 이씨

李氏 자손으로 어려서 유학을 공부하다가 22살에 출가하여 분양 선소汾陽善昭(947-1024)를 참방한 뒤 2년을 보냈다고 한다. 그러나 배운 것이 없다고 느낀 초원이 어느 날 선소에게 "저는 스님 밑에서 2년이나 보냈습니다. 그러나 아무 가르침도 받지 못했습니다. 여기서도 세속의 잡다한 일들이나 하다 보니 견성은커녕 세월만 지나가 버렸습니다. 스님, 저는 출가한 의미를 모르겠습니다. 알려주십시오." 하고 하소연했다. 그러자 선소가 대뜸 욕을 퍼부으며 지팡이로 후려쳤다.

"이 못난 놈이 감히 내게 불법을 배우겠다고 들어!"

초원이 비명을 지르자 선소가 입조차 틀어막아 버렸다. 순간 초원은 대오하여 눈앞이 환해졌다.

"원래 임제 스님의 도는 일상생활에서 나왔구나."

만년에 시자를 데리고 만행을 마친 초원은 석상사로 돌아왔다. 도중에 시자에게 말했다.

"내가 갑자기 풍에 걸렸구나."

시자가 초원의 입이 돌아가 있는 것을 보고는 발을 굴렀다.

"어쩌겠습니까! 평생을 부처와 조사를 꾸짖고 욕하셨으니."

"걱정하지 마라. 내 너를 위해 바르게 하겠노라."

초원이 입을 손으로 쓰다듬자 원래대로 돌아왔다. 석상사로 돌아온 다음 해에 입적하니 나이 54세 법랍 22세였다. 초원 회상에서 두 제자 황룡 혜남黃龍慧南(1002-1069)과 양기 방회楊岐方會(992-1049)가 나와 황룡파와 양기파를 개창하니 선종은 오가칠종五家七宗이 되었다. 그리고 보니 산문 앞의 묘탑은 초원 선사의 것인데 예전에는 그 앞으로 시냇물이 소리치며 흘렀다고 한다.

서은사栖隱寺(앙산사仰山寺) | 앙산 혜적仰山慧寂

앙산 혜적 선사에 의해 위앙종이 열매를 맺은 서은사. 앙산 선사가 오랫동안 교화를 펼쳐 일명 앙산사라고도 불린다.

법당에 엎드려 앙산 혜적 선사의 선풍을 기리는 스님들.

정법을 닦아 부모님 은혜에 보답하리라

서은사 1

앙산 혜적 선사

앙산 혜적 선사의 행화도량인 서은사栖隱寺는 장시성江西省 이춘宜春 시에서 서남쪽으로 30km 거리에 있다. 이춘에서 1박을 한 일행은 또다시 순례의 여정을 서두른다. 이춘은 사람과 문화가 모이는 곳으로 종문불법宗門佛法을 성취하는데 더할 나위 없는 보배로운 땅이라고 한다.

선종 오가五家 중에 임제종은 바로 이춘 황벽산黃檗山에서 싹을 틔웠고, 조동종은 이춘 동산洞山에서 이삭을 드러냈으며, 위앙종은 이춘 앙산仰山에서 열매를 맺은바, 이춘은 선종의 성지라 해도 전혀 과장이 아닌 것 같다. 현재 위앙종의 10세世이자, 중국불교협회 회장인 일성一誠 노 화상도 '이춘宜春은 선종의 성지'라고 찬탄을 아끼지 않고 있는 것이다.

앙산은 연화 분지蓮花盆地의 형상으로 운봉雲峰과 사자암獅子巖, 백운산과 서당산書堂山 등의 빼어난 산봉우리들이 우뚝우뚝 솟아 있는데, 그

중에서도 주봉인 해발 1,035m의 운봉에 쌓인 앙산 적설仰山積雪은 예나 지금이나 순례자들의 마음을 깊이 정화시켜왔다고 한다.

앙산 혜적 선사는 광둥성 샤오저우韶州 회화懷化 출신으로 속성은 섭 씨葉氏. 9살에 광저우廣州 화안사和安寺로 가 통通 화상에게 출가하였다. 14살에 부모가 집으로 데리고 가서 결혼을 시키려고 하였으나 스님은 손 가락 두 개를 자른 뒤 꿇어앉아 '정법을 닦아 키워주신 부모님 은혜에 보 답하겠습니다.'라고 말하니 부모가 출가를 허락하지 않을 수 없었다.

스님은 통 화상에게 다시 머리를 깎은 뒤 행각을 떠났다. 처음에는 남악 혜충을 시봉했던 탐원 스님을 참방하여 이름(名)을 얻었고, 이후 위 산 선사 회상에서 경지(地)를 얻었다. 일찍이 탐원 스님이 다음과 같이 얘 기한 바 있었다.

"혜충 스님께서 당시에 육대 조사六代祖師의 원상圓相 97개를 모두 전 해 받아다가 나에게 주시며 당부하시기를 '내가 죽은 뒤 30년이 되면 남 방에서 한 사미가 찾아와 이 원상의 가르침을 크게 일으키리니 계속하여 끊어지지 않게 하라.'라고 하셨다. 이제 이 원상을 그대에게 줄 터이니 잘 받들어 지니도록 하게나."

그러나 앙산은 탐원 스님에게 받은 원상들을 다 불태워버렸다. 어느 날 탐원 스님이 앙산을 불러 말했다.

"지난번에 준 원상들은 깊숙이 잘 간직해야 하네."

"그때 보고 나서 바로 불태워버렸습니다."

탐원 스님이 놀라면서 무엇 때문에 그 원상들을 불태웠느냐고 묻자 앙산이 자신만만하게 대답했다.

"저는 한 번 보고 원상의 뜻을 다 알아버렸습니다. 그러니 **활용할 줄** 알면 되는 것이지 원상에 집착할 게 뭐 있습니까."

탐원 스님은 앙산의 그릇을 인정은 했지만 그래도 원상이 필요한 뒷사람을 걱정하자, 앙산은 원상 한 개를 그려서 바쳤다. 누가 보아도 잘못된 곳이 없었다. 이후 앙산은 탐원 스님 곁을 떠나 위산을 찾아뵀다. 위산 스님이 물었다.

"너는 주인이 있는 사미냐, 주인이 없는 사미냐."

"주인이 있습니다."

"주인이 어디 있느냐."

이에 앙산이 서쪽에서 동쪽으로 와 섰다. 그런 뒤, 앙산이 도리어 물었다.

"어디가 참된 부처가 계시는 곳입니까."

"생각이 있는 동시에 없기도 한 묘함으로 끝없이 타오르는 신령한 불꽃을 돌이켜 생각하면 생각이 다하여서 본래 자리로 되돌아가 성품과 형상이 항상하고 사事와 이理가 둘이 아니어서 참된 부처가 여여하리라."

앙산은 순간 단박 깨달은 뒤 위산 스님이 입적할 때까지 15년 동안 시봉하였다.

〈앙산록〉을 근거로 삼아 보니 앙산이 위산을 처음 뵌 때는 회창법란 이전인 위산이 68세인 838년이 아닌가 싶다. 위산이 입적할 때까지 15년을 시봉했다고 하니 역산해 보면 838년, 앙산의 나이 32세가 되는 것이다. 수불 스님은 앙산의 성품을 얘기하시면서 기개가 있고, 천재성을 느끼게 하는 면이 다분하다고 평한다.

"탐원 스님도 혜충 국사라는 큰 스님 밑에서 깨달음을 얻은 분인데

서은사 대웅전을 참배하는 세 분 스님.

앙산을 쉽게 인가해 주었겠습니까. 어쨌든 탐원 스님은 혜충 국사에게 받은 원상 97개를 앙산 스님에게 주게 됩니다. 사미였던 앙산을 인정했기 때문입니다. 그런데 앙산은 원상들을 다 불태웁니다. 탐원 스님이 그걸 없애면 어떡하느냐고 하자, 앙산은 자기 머리를 가리키며 이 속에 다 있다는 듯이 원상 하나를 그대로 그려보였다는 것입니다. 앙산의 기개와 천재성을 엿볼 수 있는 대목인데 위산은 앙산의 그런 면을 탐원 스님보다 더 아끼지 않았나 하는 생각이 듭니다."

탐원 스님을 만나 선리禪理를 터득한 뒤 위산 스님에게 깨달음을 얻고서 공부에 힘을 받은 앙산이 보여주는 또 하나의 특징이 있다면 당돌함이라고 평한다.

"〈열반경〉에 부처님 말씀이 얼마나 되며, 마구니 말이 얼마나 되냐는 위산 스님의 물음에 앙산은 지체 없이 당돌하게 온통 마구니 말이라고 했어요. 그러니까 위산 스님이 껄껄 웃으며 '앞으로는 너를 어찌해 볼 사람이 없을 것이다.'라고 얘기했다고 해요."

스님은 앙산의 당돌함이 발현된 선화를 두어 개 더 소개해 주신다.

여름 안거 끝에 앙산이 위산 스님을 찾아 인사를 드렸다. 그러자 위산 스님이 말했다.

"너는 한여름 내내 나를 보러 오지 않더군. 아래서 무슨 일을 하였는가."

"한 뙈기 새밭을 매다가 종자 한 움큼을 얻었습니다."

"금년 여름을 헛되게 보내지는 않았군."

이번에는 앙산이 되받아치듯 위산 스님에게 물었다.

"그렇다면 스님께서는 한여름 동안 무슨 일을 하셨는지요."

이에 위산 스님은 '뭐 그런 걸 묻나. 내 할 일 했어.'라는 말투로 말했다.

"낮에는 밥 먹고 밤에는 잠을 잤다."

"스님께서도 금년 여름을 헛되게 보내진 않으셨군요."

잠시 침묵이 흘렀다. 문득 앙산이 죄송한 생각이 들어 혀를 낼름 내밀었다. 그러자 위산 스님이 말했다.

"혜적아, 무엇 때문에 자신의 생명을 스스로 상하게 하느냐!"

앙산이 동평東平 스님 회상에 머물 때였다. 위산 스님이 동평 스님 편에 편지와 거울을 보내왔다. 앙산은 상당법문 중에 거울 꺼내 들고 대중에게 물었다.

"말해 보아라. 이것이 위산 스님의 거울인지 동평 스님의 거울인지를. 동평 스님의 거울이라고 할 수 있을까, 위산 스님이 보내온 것인데. 반대로 위산 스님의 거울이라고 할 수 있을까, 동평 스님의 손아귀에 있는데. 바로 말한다면 깨뜨리지 않겠지만 그렇지 못할 때는 깨뜨려 버리겠다."

대중 가운데 아무 대꾸가 없자 앙산은 '올해 농사는 신통치 않구나. 인편이 있으면 거울을 잘 받았다고 전해 줄 텐데' 하는 마음으로 거울을 던져 깨뜨리고 법상에서 내려왔다. 유리거울이라면 박살이 났을 것이고, 구리로 된 동경銅鏡이라면 찌그러졌을 터이다. 어쨌든 앙산은 스승 위산 스님이 보내준 거울이므로 오래 간직하는 것이 제자의 도리일 텐데, 자신의 강개한 성정대로 깨버렸던 것이다.

한편, 앙산은 법상에 올라 대중들에게 자신의 가풍을 드러낸 법문을 자주 한바 '석두石頭는 금방金房이지만 나는 잡화상이다.'라고 말했다고 한다.

"그대들은 각자 자기 광채를 돌이켜 살필지언정 내 말을 기억하려 들지 마라. 끝없는 예부터 밝음을 등지고 어둠을 향해 허망을 쫓는 뿌리가 깊어서 단박 망상을 없애기 어려운 그대들이 가엾구나. 거짓으로 방편을 베풀어 티끌같이 많은 겁 동안 쌓인 그대들의 굵은 알음알이를 뽑아 주려 하노니, 마치 단풍잎으로 우는 아기를 달래는 것과 같도다. 어떤 사람은 백 가지 재물과 금과 보화를 한 자리에 섞어 놓고 찾아온 사람의 정도에 맞추어 팔기도 하지. 나 역시도 그렇지. 석두石頭 스님은 금방金房이지만 나는 잡화상이거든. 찾아온 이가 잡화를 찾으면 잡화를 주고, 금을 찾으면 금을 주니까."

수불 스님은 선어록을 읽을 때는 반드시 연표를 대조하라고 당부하신다. 그래야만 그때 상황을 잘 복기할 수 있고, 당시 스님들의 모습을 생생하게 짐작할 수 있기 때문이라고 한다. 옳은 말씀이다. 연표를 보면 위산과 앙산은 36살의 차이가 나는데, 이를 참고해서 〈위앙록〉을 읽게 되면 위산이 아들 같은 앙산을 어떻게 보살피고 있고, 어느 자리에서나 주눅이 들지 않는 앙산의 저돌적인 기개가 어떤 모습인지를 실감 나게 추측할 수 있는 것이다.

이윽고 버스가 마을 앞 좁은 농로를 겨우 지나 서은사 주차장에서 멈춘다. 우리가 '앙산사'라고 부르는 절이다. 서은사의 옛 땅이 4천여 무畝라고 전해지고 있지만, 그보다는 협소해 보인다. 수불 스님도 절 앞의 넓지 않은 논밭을 둘러보더니 '터를 보니 위앙종이 가장 먼저 끊길 만했군.' 하신다. 선객과 시인 묵객들의 가슴을 설레게 한다는 앙산적설도 이른 계절 때문인지 보이지 않는다. 다만, 온산을 뒤덮은 대나무들이 장관이다. 내가 "대나무들이 합장하고 서 있는 것 같습니다" 하고 말하자 옆에 서 있던 각정 스님이 한마디 하신다.

"불보살님들이 대나무로 화현한 것 같습니다."

허술한 산문을 들어서자, 앙산 스님이 심었다는 은행나무가 눈에 띄지만 앙산의 흔적은 느낄 수가 없다. 14살의 어린 나이에 손가락 두 개를 자르고 결혼하라는 부모를 설득하여 출가한 앙산의 기개와 스승에게 물려받은 귀한 원상들을 다 외우고 태워버린 천재성과 당돌함도 만날 길이 없다. 불사 중인 절은 어딘지 힘에 부친 듯 지쳐 있고 중국 스님들도 보이지 않는다. 그러나 소석가小釋迦로 불리던 앙산 선사가 회창 연간(842)에 개산하여 기라성 같은 고승들을 배출하였으니, 그 선풍禪風이 어느 인연을 만나 다시 회오리바람을 일으킬지는 눈 밝은 사람만이 알 것 같다.

서은사 경내 오른쪽 산자락 위편에 있는 앙산 선사 사리탑 가는 길.

일원상을 그린 선사시여,
차 한 잔 올리오니 흠향하소서

서은사 2

앙산 선사의 7대 제자 중 한 사람인 신라승 순지 선사 위패는 밀인사 조당에서 본 바 있다. 이는 신라도 위앙종의 영향을 크게 받았다는 방증이다. 순지 선사보다 먼저 앙산 선사를 참방한 신라승 원랑 대통圓郎大通(815-883) 선사는 신라에 위앙종의 일원상 가풍을 전한 선구자가 아닐까 싶다.

대통 선사는 사형이자 입당구법승인 자인慈忍 선사의 권유로 신라 문성왕 18년(859)에 하정사賀正使, 신년 축하사절 배편으로 바다를 건너가 여러 절을 거쳐 마침내 앙산 선사 회상으로 들어갔다. 대통 선사는 대중 속에서 뛰어난 구도의지와 선기로 앙산 선사에게 심인을 받고 입당 7년 만인 866년에 회역사廻易使, 무역사절 배편으로 귀국하여 월광사月光寺에 주석하면서 많은 불도들을 교화하다가 68세로 입적하였다.

　신라인으로서 이 두 분 스님이 앙산 선사의 상좌라면, 손상좌라 할 수 있는 스님도 보인다. 혜청慧淸(885-960) 선사가 바로 손상좌에 해당되는 스님이다. 앙산 선사의 상좌인 남탑 광용南塔光湧 선사의 제자이기 때문이다. 혜청 선사는 영주邸州 파초산芭蕉山에서 중국인 제자들에게 상당 법문을 했으므로 파초 혜청 선사라고도 불렸다. 그러니 신라의 구법승들은 신라 땅은 물론 중국 땅에서도 앙산 선사의 가르침을 폈던 셈이다.

　일원상 가풍이란 선사가 법문할 때 손가락으로 일원상을 그려 보이는 것을 말했다. 한 스님이 앙산을 찾아와 '무엇이 조사가 서쪽에서 오신 뜻입니까.' 하고 묻자 앙산은 허공에다가 손가락으로 일원상을 그리고 그 안에다 불佛자를 써서 보여주었다. 말로 설명할 수 없는 불佛을 일원상으로 그린바 이로부터 일원상 가풍이 앙산의 제자들에 의해 신라 땅까지 전해졌던 것이다.

　선사의 가풍에 따라서 같은 질문이라도 답변은 다 달라지는데, 위산과 조주의 예도 그러했다. 조주가 만행 중에 위산을 찾아온 자리에서였다. 한 스님이 위산에게 '무엇이 조사가 서쪽에서 오신 뜻입니까.' 하고 묻자, 위산은 '나에게 의자를 가져다주게.'라고 하였다. 이를 보고 관음원으로 돌아간 조주에게 한 스님이 공교롭게도 똑같은 질문을 했다. 그러자 조주는 '뜰 앞에 잣나무니라.'라고 답했다.

참선하면 난관을 극복하는 지혜의 발현으로 누구나 행복해진다

　법당을 참배하고 나오니 문득 앙산 선사가 남긴 선화가 떠오른다. 〈사가어록四家語錄〉에 나오는 선화로 선가에 많이 회자되는 이야기다.

　예사롭지 않은 행자가 법사를 따라 법당에 들어갔다. 행자는 법당에

앙산 선사 묘탑 앞에서 차 한 잔을 올리고자 준비하는 스님.

들어서자마자 부처님에게 침을 뱉었다. 그러자 법사가 매우 놀라면서 행자를 나무랐다.

"행자는 행동거지를 조심해야 하거늘 무엇 때문에 부처님께 침을 뱉는가."

"부처님이 없는 곳을 말해 주십시오. 그러면 그곳에다 침을 뱉겠습니다."

행자의 대답에 법사는 대꾸를 못했다. 이 사건은 위산의 귀에까지 들어갔다. 그런데 위산은 행자를 나무라지 않고 오히려 칭찬했다.

'어진 사람이 나쁜 사람이 되고, 나쁜 사람이 도리어 어진 사람이 되었군.'

이 부분이 〈조당집〉에는 다음과 같이 나온다.

'훌륭한 이가 도리어 변변치 못했고, 변변치 못한 이가 도리어 훌륭하게 되었구나.'

앙산은 위산과 달리 법사를 대신하여 말했다.

"행자에게 침을 뱉어서 행자가 무어라 말하거든 '나에게 행자가 없는 곳을 보여 주면 거기다 침을 뱉겠노라.'라고 할 것이다."

이와 같은 앙산 선사의 선화는 우리나라의 현대고승 전강 선사를 떠올리게 한다. 신라구산 선문 가운데 하나인 동리산문 곡성 태안사를 갔을 때 한 스님으로부터 들었던 얘기다.

전강은 23세 때 밤길을 걸어 태안사 보제루에 올랐다. 누각에서 보니 능파각 밑으로 흐르는 개울물이 달빛에 반짝이고 있었다. 순간 전강은 눈앞을 가렸던 번뇌의 구름장들이 몰록 산산조각 나는 것을 견철했다. 화두가 타파되는 황홀한 깨달음의 시간이었다.

전강은 오도송을 읊조리고 나서 문득 요의를 느꼈다. 대웅전으로 들어가 부처님에게 참배하기 직전이었다. 법당 밖은 여전히 달빛이 환했다. 전강은 망설이지 않고 바지를 내리고 오줌을 누었다. 그러자 한 노스님이 전강의 불경스러운 행동을 보고는 호통을 쳤다.

"웬 미친 중이 법당 앞에서 오줌을 누느냐!"

전강은 노스님의 호통을 한 귀로 흘려들으며 말했다.

"어허, 천지에 부처의 진신이 아닌 곳이 어디 있겠소. 내 어디에다 오줌을 누란 말이오."

노스님은 전강의 걸림 없는 대꾸에 할 말을 잃어버렸다. 전강 선사의 경지도 앙산과 견주어 조금도 밀리지 않는 것 같다. 대답이 곧 질문이 돼버리는, 상대를 절벽 위로 밀어붙인 영혼을 뒤흔드는 화두가 된 까닭이다.

현실 존재 중생이 어떤 문제에 부딪혔을 때, 그것을 돌파해 나가는 힘이 바로 견성한 이후의 변화일 터이다. 눈앞의 난관을 극복하는 지혜의 발현으로 행복감이 충만해지는 것이 바로 견성 체험의 효과인 것이다. 혹자는 견성하면 신통방통한 도인이 되는 줄 아는데, 그러한 오해는 자신의 삶에 아무런 향상向上을 주지 못하고 해만 되는 허망한 망상일 뿐이다.

그런데 무형無形의 보배인 견성 체험은 선어록에나 나오는 옛 조사나 선사들의 전유물이 아니라는 점이다. 오늘을 사는 보통사람들도 선지식을 만나 참선 공부만 한다면 종교가 무엇이건 간에 누구나 쉽고 빠르게 행복과 자유를 누릴 수 있는 실현 가능한 체험이라는 것이다.

안국선원 홍법담당 부회장 은암 김성부 시인의 경험담이 순례하는 중에 가끔 떠올랐던 것도 바로 그런 까닭에서였다. 저잣거리에서 부대끼

는 보통사람도 견성 체험이 실재한다는 신뢰를 주기에 충분했다. 아내이
자 도반인 법혜인 보살의 권유로 시작한 간화선 정진은 그의 종교관과
인생관을 송두리째 바꿔버렸던 것이다. 법과대학을 졸업한 은암은 고시
공부를 하다가 2차 시험에서 몇 번을 실패하고 나서는 해병대 장교시험
을 쳤다고 한다. 그런 뒤 고된 훈련과정을 거쳐 소위로 임관되고 임진강
변의 최전방 소대장 근무 6개월 만에 월남전투에 참전하라는 명령을 받
게 된다.

"기독교 신자로서 안 죽고 돌아올 수 있다는 생각이 들더군요. 어머
니와 목사님과 신자들이 매일 기도를 해주었으니까요. 그러나 저는 아군
1개 중대가 1개 연대규모의 베트콩과 싸워서 이긴 짜빈동 전투에서 소대
장으로 참전하여 충무무공훈장을 받았으나, 수많은 전투로 소대장들이
전사하는 바람에 귀국일이 연장되었지요. 그런데 한 전투 중에 크게 부상
을 당하고 말았어요. 다리를 자를 정도가 돼 9개월 동안 병원에 입원했지
요. 고향의 어머니와 목사님이 진해 해군병원으로 일주일에 한 번씩 찾아
와서 기도했어요. 나중에 완치됐을 때 목사님의 권유로 하느님이 절 구해
주셨다고 교회 신자들 앞에서 간증했지요."

그러나 은암은 전쟁의 죽고 죽이는 참혹한 기억들에서 벗어나지 못
했다. 기도하고 성경책을 봐도 후유증은 씻어지지 않았다. 기도라는 기복
에 매달릴수록 더 크게 매달려야 하는 자신을 발견하고서는 기독교 신앙
에 차츰 회의가 들었다. 동국제강그룹의 금융회사에서 사장하고 동 업계
에서 부회장까지 잘 마무리했는데도 전쟁의 기억은 악몽처럼 사라지지
않았다. 그러던 중 아내인 법혜인 보살과 함께 절 순례를 6개월 동안 하
게 됐고, 보살의 권유로 안국선원에 들렀다가 수불 스님을 만나 화두 받

고 참선하는 인연을 지었다.

"2002년 1월 4일 폭설이 내린 날이었어요. 스님을 뵙고 불교에 대해 아무것도 모르는 상태에서 화두 받고 공부를 시작했지요. 스님께서 문제는 잊고 답만 찾으라고 하여 하루 이틀은 답이 책에 있는 줄 알고 서점에 갔지요. 사흘째 되니까 가슴이 터질 듯하더군요. 돌아가신 어머니가 보이기도 해요. 어머니 집안은 본래 불교였는데 기독교 집안에 시집온 거지요. 어머니가 큰아들 네가 여기 앉아서 나 대신 공부를 하는구나 하고 말씀을 하신 것 같았어요. 나흘째는 가슴이 답답하여 잠을 이루지 못하고 밤을 지새운 채 새벽에 선원으로 나갔는데 그때부터 목 울음이 터져 나오기 시작했지요. 가슴이 터질 듯한 상태가 통곡이 돼 종일 울었어요. 그런데 집에 가서도 새벽까지 절벽 같은 데 앉은 기분으로 눈물을 흘리고 앉아 있는데 밑에서부터 안개구름이 올라와 저를 감쌌지요. 그러다가 갑자기 구름이 확 걷히더니 강렬한 햇빛이 쏘듯 비치더군요. 그 순간 전쟁의 후유증과 독하게 마음먹고 살아왔던 감정과 업들이 사라지면서 하늘을 날아오를 것 같았고 환희심이 차올랐어요. 이번에는 너무 즐겁고 행복해서 점검해주시는 스님을 봐도 눈물이 나고, 아내는 물론 그동안 내 인생을 있게 한 모든 것이 고맙고 감사해서 눈물이 났지요."

차담을 나누던 문학박사이자 안국선원 부설 간화선연구소 책임연구원인 다암 김홍근 거사도 자신은 화두 걸리는 것이 소원이었다며 여러 선원의 스님들을 참방한 끝에 안국선원에서 비로소 간화선을 경험했다고 말한다.

"선원장 스님께서 화두를 주는 순간 독침을 맞은 것 같았어요. 숨도 못 쉴 정도여서 몸을 뒤틀고 그랬지요. 어둡고 컴컴한 데로 들어가서 헤

앙산 선사 묘탑에 헌다獻茶하는 각정 스님.

매는 것 같았어요. 비유하자면 저는 무의식 속에서 지옥의 나락으로 떨어졌다가 맨 밑바닥에서 터졌어요. 확 밝아졌는데 내 몸이 없어요. 앞과 뒤가 분명한 변화가 왔다는 것을 느꼈지요. 불 속에서 연꽃이 핀다는 것이 이것이구나 하고 알게 됐지요."

법당을 나온 순례자 일행은 서은사 경내 오른쪽 산자락 위편에 있는 앙산 선사 사리탑으로 걸어 오른다. 사리탑 주위에 만리향萬里香이라 불리는 은목서 꽃향기가 진동하고 있다. 그동안 순례하면서 선사들의 영전에 차 한 잔 올리지 못한 것이 죄송하여 제안하자, 수불 스님이 허락하신다. 천 년 전 우리나라 구법승들을 기꺼이 제자로 맞아주었으니 뒷사람이 차 한 잔으로나마 정성을 보이는 것이 도리가 아닐까 싶어서다. 각정 스님이 다완에 말차를 넣고 다선茶筅으로 휘저어 격불擊拂을 한다. 사리탑 앞에서 한 잔의 차향이 이미 옛길로 통했으니 앙산 선사가 일원상을 그리며 흠향하였으리라는 생각이 든다. 잠시 후에는 나도 음복飮福을 한다.

백장사 천왕전에 이르려면 연못의 돌다리를 건너 너른 마당을 걸어야 한다.

중국불교의 부활을 과시하듯이 궁궐같은 규모로 새로 지은 백장사 경내.

부처님의 본뜻은 목숨을 내던진 곳에 있다

백장사 1

백장 회해 선사

　이춘시宜春市에서 곤고고속공로昆高高速公路를 타고 동진하다가 신유新余에서 무길고속공로武吉高速公路를 바꿔 타고 북진하여 이펑현宜豊縣에 닿았다. 황벽사와 동산사, 통구현洞高縣에 소재한 백장사를 순례하기 위해서였다.

　이펑에서 1박 하고 이른 새벽에 길을 나선다면 오전에 황벽사와 동산사, 그리고 오후에는 백장사를 참배할 수 있을 것이다. 물론 오전과 오후 일정을 바꾸어도 상관없는 일정이다. 일행은 지금 중국인 길잡이를 따라 백장사로 가는 길이다. 이펑에서 통구현까지는 포장도로였지만, 백장산빈관百丈山賓館에서 국수 한 사발로 점심을 해결한 통구현을 조금 지나니 먼지 풀풀 날리는 비포장도로다. 중국의 빈관은 호텔을 말하는데, 조그만 구멍가게 수준의 음식점을 중국식 관습대로 지나치게 과장한 상호이니 일부러 찾아갈 필요는 없을 것 같다.

산은 금세 험준해진다. 순례자 일행이 탄 미니버스도 덜컹거리며 흔들리기 시작한다. 차창 너머는 천 길의 낭떠러지다. 원래는 벌목한 목재를 운반하기 위해서 낸 임도林道라고 한다. 이런 길이 백장사와 무슨 연관이 있을까 싶어 잠시 상념에 잠겨 있는데, 고갯길 옆에 '백장청규 발상지'라는 표지석이 보인다.

산봉우리들이 비쭉비쭉 연달아 있지만 무슨 산맥인지는 알 수가 없다. 무심코 산의 정상들을 보고 있자니 산맥山脈과 법맥法脈에 유사성이 있는 것 같아 흥미가 생긴다. 산봉우리들이 이어지지 않으면 산맥이 될 수 없듯 법맥도 마찬가지라는 생각이 든다. 스승과 제자가 사자상승師資相承의 인연을 이뤄가지 못한다면 법맥도 형성되지 않을 것이기 때문이다.

마조 대사의 법맥은 서당 지장西堂地藏(738-817)에서 신라 도의, 백장 회해百丈懷海(749-814)에서 위산과 황벽, 남전 보원南泉普願(748-834)에서 조주로 이어지고 있는바 스승을 능가하는 제자가 없다면 법맥은 쇠퇴하고 마는 것이다. 그래서 서당과 백장, 남전을 수많은 마조 대사 문도 가운데 삼철三哲이라고 칭송하지 않나 싶다.

마조 문하의 삼철은 그 스승과 그 제자답게 〈사가어록〉이나 〈조당집〉에 수많은 선화를 남기고 있다. 한두 가지 선화를 예화 삼아 그분들의 독특한 선풍을 떠올려본다. 하루는 마조의 수제자인 서당과 백장, 그리고 남전이 마조를 따라서 달맞이를 나갔다. 달빛이 환하게 내리비치고 있을 때 마조가 입을 열어 세 사람의 경지를 시험해 보았다.

"바로 이런 때가 어떤 때인가."

서당이 먼저 말했다.

"공양하기에 안성맞춤입니다."

백장이 말했다.

"수행하기에 안성맞춤입니다."

남전은 말없이 옷깃을 확 스치고 지나갈 뿐이었다. 그러자 마조가 나직이 말했다.

"경經은 서당의 것이고, 선禪은 백장의 것이고, 남전은 오직 물외物外에 초연하구나."

다분히 남전을 치켜세우는 선화이지만 수행자라면 경과 선과 물외의 이치, 어느 것 하나 소홀히 할 수 없지 않을까. 마조가 나에게 물었다면 나는 이렇게 대답했을 것 같다.

"차 한잔하기에 안성맞춤입니다."

먼저, 서당이 누구인지 살펴보지 않을 수 없다. 13세 때 임천臨川의 서리산西裏山에서 마조를 시봉하였으며 다시 7년이 지난 뒤 스승의 법을 받았는데, 마조가 입적한 뒤에도 넉넉한 인품을 지닌 그의 가르침을 좇아 대중이 구름처럼 모였다고 한다. 특히 그의 제자 가운데는 신라에서 온 스님들이 많았다. 신라 출신의 도의道義, 홍척洪陟, 혜철惠徹은 서당에게 심인을 얻어 국내로 돌아와 가지산 보림사, 실상산 실상사, 동리산 태안사를 창건하고 그들의 선문禪門을 개창하여 신라에 서당선西堂禪을 꽃피우게 했던 것이다.

도의는 784년에 당나라로 건너가 오대산으로 갔다가 광부의 보단사에서 비구계를 받고 다시 조계로 가 육조의 영당을 참배하고 나서 서당을 참방했다고 한다. 서당의 법을 받고서야 명적明寂이란 자신의 법호를 도의로 바꾸었으며, 서당뿐 아니라 백장의 가르침도 깊이 받았다고 전한다.

도의가 마조에게 물었다.

"일체 분별도 미치지 않고, 억지도 딱 끊어진 자리에서 달마의 종지를 가르쳐 주십시오."

마조는 대답을 제자들에게 미루었다.

"오늘은 기분이 별로 좋지 않으니 서당에게 가서 물어보아라."

도의는 곧 서당에게 가서 물었다. 그러자 서당이 정색하며 말했다.

"정말로 마조 스님께서 한 말씀도 안 하시던가."

"마조 스님께서는 스님께 여쭤보라고 하셨습니다."

서당이 머리를 감싸며 말했다.

"오늘은 골치가 아파서 그러니 백장한테 가서 물어보게나."

백장도 대답을 피했다.

"아이고, 나도 모르겠는데."

결국, 도의는 마조에게 다시 갔다. 마조는 저울질하다가 골치 아프다고 한 서당과 단번에 모르겠다고 한 백장의 대답을 도의에게 전해 듣고는 말했다.

"장藏, 서당의 머리는 희고, 회懷, 백장의 머리는 검다."

검은 머리의 흑두黑頭와 흰 머리의 백두白頭에 대한 얘기가 복건성에 전해지고 있는데, 이른바 흑도백도黑盜白盜 고사이다. 고사를 간략하게 소개하자면 이렇다. 후백候白과 후흑候黑이라는 두 산적이 어느 날 마을로 내려갔는데, 한 여인이 우물가에서 울고 있었다. 여인을 먼저 본 후흑이

후백에게 말했다.

"후백, 이 여인이 우물에 귀고리를 빠뜨렸다고 하네. 귀고리를 건져주면 귀고리 값의 반을 준다고 하니 자네가 건져보지 않겠나."

후백은 후흑에게 건진 귀고리를 자신이 갖겠다고 말하며 옷을 벗고 우물 속으로 들어갔다. 그때였다. 후흑은 귀중품이 든 후백의 옷과 여인을 데리고 도망쳤다. 이 고사만으로 평가한다면 여인을 차지한 후흑이 고작 귀고리를 건진 후백보다 점수를 더 줘야 할 것이다. 어떤 학자는 마조가 후백과 후흑의 고사를 빌어 얘기했는데, 번역자가 후候와 두頭의 복건성 발음이 비슷하여 흑두와 백두로 바꾸어버렸다고 지적하지만, 중국어에 문외한인 나로서는 알 길이 없다. 마조가 고사를 빌어 얘기했다면 백장의 경지가 서당보다 높다는 것이 된다.

그러나 그게 중요한 핵심은 아닐 것 같다. 달마의 종지를 스스로 체득하지 않는 한 무슨 수로 설명이 가능하겠는가. 석두의 선화가 잘 말해주고 있다.

어느 학인이 석두에게 물었다.

"조사가 서쪽에서 온 뜻이 무엇입니까?"

석두가 말했다.

"밖에 있는 말뚝에게 물어 보거라."

학인이 잘 모르겠다고 하자 석두 역시 같은 말을 했다.

"나도 잘 모른다."

마조가 서당을 시켜 혜충에게 편지를 보낸 일이 있었다. 그래서 서당은 혜충을 보게 되었는데, 혜충은 마조의 제자인 서당에게 이런 질문을 던졌다.

"그대의 스승이 무엇을 가르쳐 주던가."

마조의 가풍을 보여 달라는 말이었다. 서당은 말없이 동쪽에서 서쪽으로 가 멈추었다.

"겨우 그것뿐인가. 그것 말고 다른 것은 없는가."

그러자 서당은 동쪽으로 가 섰다.

"그것은 마조 스님의 것이고, 그대의 것은 어떤 것인가."

서당이 퉁명스럽게 말했다.

"벌써 제 것을 다 보셨을 텐데요."

마조와 백장 사이에도 선화가 많았다. 어느 날 마조를 시봉하던 중에 백장이 물었다.

"스님, 부처님의 본뜻은 어디에 있습니까."

"바로 너의 목숨을 내던진 곳!"

백장이 전좌 소임을 볼 때였다. 한 학인이 사시불공이 막 끝났을 때 절로 들어왔다. 그 학인이 마조에게 예를 갖추며 인사했다. 마조가 학인의 행색을 살피더니 물었다.

"어젯밤은 어디서 지냈는가."

"문 앞에서 지냈습니다."

법도가 엄한 절에서는 어떤 객승도 밤중에 출입하지 못했다. 눈보라 치는 겨울에도 절 담벼락에 짐승처럼 웅크리고 있다가 다음날 일과가 시작하면 산문을 들어와야 했다.

"밥은 먹었는가."

"아직 못 먹었습니다."

"그렇다면 먼저 공양 간으로 가 밥부터 먹는 게 좋겠구면."

대중의 공양 전반을 담당하던 백장은 그 학인을 만났다. 백장은 공양이 부족하므로 자신의 밥을 떼어 그 학인에게 주었다. 잠시 후 법당에 들어온 백장에게 마조가 물었다.

"조금 전에 한 중이 공양을 안 했다고 하기에 보냈는데 어찌했는가."

"제 먹을 것을 떼어 주었습니다."

"자네는 큰 복덕을 지었군."

"무슨 말씀이십니까."

"조금 전에 그 중은 벽지불이었어."

백장이 놀라며 물었다.

"인간이신 스님께서 어찌 벽지불의 예경을 받을 수 있습니까."

"신통은 나보다 뛰어나지만 깨달음으로 말하면 나보다 못하지."

산 정상에서 내려가자 분지가 나타난다. 농부들이 계단식 논밭에서 일하는 것을 보니 영락없이 우리네 농촌과 흡사하다. 천 년 전 호미를 들고 대중과 함께 울력하던 백장의 모습이 그려진다. 논밭이 위산보다는 다소 좁고 가파르지만 그래도 백장사의 대중들이 자급자족하기에 충분했음 직하다. 복원하고 있는 절은 구중궁궐 같다. 겉은 화려하나 속은 왠지 비어 있는 느낌이다. 백장이 환생한다면 무어라 경책할지 씁쓸하다.

청나라 말기에 복원되어 보수를 거듭한 옛 전각과 요사.

하루 일하지 않으면 하루 먹지 마라

백장사 2

백장사는 당나라 대력 연간(776-779)에 지어진 향사암鄕寺庵이란 조그만 암자가 중창을 거듭하면서 총림이 된 절이라고 전해진다. 암자 이름대로 산촌 사람들을 위해 시창했다가 백장 선사가 주석하면서 백장사로 이름이 바뀌었을 터. 백장 선사가 입적한 뒤에는 한때 시호를 따라 대지성수 선사大智聖羞禪寺라는 편액을 내걸었던 듯하다. 그러나 승속의 불제자들은 절 이름을 다시 백장사로 돌렸다.

절 뒷산인 대웅산大雄山도 현지 주민들은 백장산이라고 부른다. 백장사가 가장 융성했을 때는 명청시대였다고 한다. 명 홍무 연간에는 3사寺 5묘廟 48암자라고 하니 그 규모가 어마어마했을 것 같다. 지금 황제의 궁궐처럼 웅장하게 복원하는 것도 그때를 재현하고자 그러지 않나 싶다. 작위作爲는 욕심과 이복형제쯤 될 것이다. 무상의 절절함이 신심을 증장시키는 법인데 안타깝다.

산문을 들어서 대웅전까지 걸어가는데, 연못을 지나 축구장만한 마당을 거쳐야 하니 청빈을 수행자의 요긴한 덕목으로 여겼던 옛 조사님들에게 자꾸 송구한 마음이 든다. 화로 속의 불티 한 점, 땅바닥에 흘린 쌀 한 톨을 주워들고 법문하던 백장 선사의 검박한 정신도 찾을 길이 없다.

스님은 푸젠성福建省 푸저우福州 장락長樂 출신인데, 조상은 태원太原의 왕王씨로서 영가永嘉의 상란喪亂을 피해 이주한 가문의 후손으로 알려져 있다. 〈사가어록〉은 왕씨라고 하고, 〈조당집에는 황黃씨라고 기록되어 있다. 어린 시절의 백장은 어머니를 따라 절에 자주 가곤 했다. 하루는 부처님에게 절하고 나서 어머니를 매우 놀라게 했다.

"어머니, 저게 무엇입니까."

"부처님이시다."

"생김새가 사람 같아서 저와 다르지 않습니다. 뒷날 저도 부처가 되겠습니다."

스님은 약산 유엄의 삭발스승인 서산 혜조 화상에게 머리를 깎고, 형산 법조 율사에게 비구계를 받았다. 비구계를 받고 난 뒤 "장차 미망의 근원을 씻어내려면 반드시 법의 바다 가운데서 노닐어야 하거늘, 어찌 오로지 마음을 깨치는 것뿐이랴. 또한, 말로 따지어 가르치는 것도 의지하지 말자!"고 말했다. 이후 스님은 안후이성 여강으로 가서 수년에 걸쳐 부차사浮搓寺의 장경을 두루 열람한 뒤 마조 대사 문하로 들어가 인가를 받았다.

마조 대사를 만난 백장이 깊이 깨달아 인가를 받는 선화다. 스님이 마조 대사를 모시고 가다가 날아가는 들오리 떼를 보았는데 그때 마조가 물었다.

"이것이 무엇인가."

"들오리입니다."

"어디로 갔는가."

"날아가 버렸습니다."

그러자 마조가 갑자기 백장의 코를 잡더니 인정사정없이 비틀었다. 백장은 아야! 하고 비명을 질렀다.

"날아가 버렸다니, 어디 다시 말해 보거라!"

마조의 날벼락에 백장은 문득 깨달았다. 시자 방으로 돌아온 백장은 목 놓아 울었다. 걱정된 한 스님이 물었다.

"부모님 생각에 우는 겁니까."

백장은 고개를 저었다.

"누구에게 욕을 먹었군요."

백장은 다시 고개를 저었다.

"도대체 왜 우는 겁니까."

"스님께서 제 코를 사정없이 비틀어 아파서 우는 겁니다."

"무슨 일로 스님의 노여움을 샀습니까."

"직접 스님께 여쭤보시지요."

그는 곧 마조에게 갔다.

"회해 시자는 무슨 일로 스님께 코를 잡히고 나서 우는 겁니까."

"회해가 알 것이니 그에게 물어 보거라."

할 수 없이 그는 백장에게 와 말했다.

"스님께서는 회해 스님이 더 잘 알 것이라고 하십니다."

우주 법계의 현관처럼 미묘하고 그윽한 백장사와 대웅산 자락.

그때 백장이 큰 소리로 웃어젖혔고, 그가 고개를 절레절레 저으며 물었다.

"아까는 울더니 지금은 왜 웃습니까."

"맞습니다. 아까는 울었고 지금은 웃고 있습니다!"

다음날 마조가 법문하려고 법상 앞에 앉았다. 그런데 백장은 대중이 보는 가운데 좌복을 개켜 치웠고, 마조는 방장실로 돌아가 버렸다. 잠시 후 마조가 뒤따라 온 백장에게 물었다.

"설법도 시작하기 전에 왜 좌복을 치웠는가."

"어제 스님께서 제 코를 비틀어 아파서 혼났습니다."

"어제 너는 어디에다가 마음을 두고 있었는가."

"오늘은 코가 더는 아프지 않습니다."

"오늘 일을 잘 알고 있군!"

〈사가어록〉에서는 이 부분이 '어제의 일을 깊이 밝혔구나!'라고 나온다. 백장은 마조에게 큰절을 올리고 난 뒤 물러난바, 이렇게 해서 백장의 들오리(百丈野鴨)란 공안이 탄생하게 된다. 백장이 신도들의 요청으로 대웅산으로 들어와 주석하기 시작한 때는 마조가 입적한 뒤였다. 대웅산의 바위와 묏부리가 깎아지른 듯 높았으므로 스님을 백장百丈이라 불렀고, 머문 지 한 달이 못 되어 대중이 몰려들었다. 그중에서도 고족高足은 위산 영우와 황벽 희운黃檗希運이었다.

백장이 선종사에 남긴 최대의 족적은 아마도 선원청규禪院淸規의 제정이 아닐까 싶다. 이 때문에 선사와 율사 도량이 구분되어 발전했고, 하루 일하지 않으면 하루 먹지 말라(一日不作一日不食)는 농선農禪의 보청정신이 확립되어 황실이나 귀족의 후원, 혹은 탁발에 의지하지 않고 대중이 스스로 논밭을 개간하여 자립의 기반을 다졌던 것이다.

'널리 청한다.'라는 보청普請은 울력처럼 누구나 예외 없이 노동에 참여한다는 뜻을 지니고 있었다. 당시 백장선百丈禪의 요체가 됐다.

실제로 백장은 80이 넘어서도 농기구를 들고 솔선하여 논밭으로 나가곤 했다. 80이 넘은 나이에도 방장실에서 쉬지 않고 울력에 참가하니 시자는 물론 전 대중이 스님의 건강을 걱정하지 않을 수 없었다. 하루는 시자가 호미와 괭이를 감추고 말았다. 그러자 백장은 "덕이 없어 이러는 것이다. 그런데 내가 다른 사람을 수고롭게 해서야 되겠느냐."라고 하며 이리저리 연장을 찾다가 그날부터 공양간을 가지 않았다. 결국, 시자가 연장을 도로 내어 드리고 나서야 백장은 공양을 했다. 대중 모두가 낮에 일하는 날에는 반드시 밤에 선당에 모여 좌선을 했다. 좌선하기 전에 백장은 간절하게 설법을 했다.

"공부는 때 묻은 옷을 빠는 것과 같다. 옷은 본래 있는 것이나 때는 밖에서 온다. 모든 소리와 색은 기름때와 같은 것이니 아예 마음에 두지 마라. 흐르는 허물을 끊고 공부하기를 머리에 타는 불을 끄듯 해야 할 것이다."

물론 수행하면서 농사를 짓는 이른바 농선쌍수農禪雙修는 4조 도신으로부터 비롯됐음은 다 아는 사실이다. 도신은 5백 명의 대중이 자급자족할 수 있도록 쌍봉산 산자락을 개간하여 논밭을 만들었던 것이다. 그 결과 노동하는 수행자들의 신체는 건강하게 단련됐고, 절 주변에 사는 백성들은 세금이 줄어들었다. 이는 '선과 노동은 하나다.'라는 선농일여 사상의 출발점이 됐다. 도신이 '좌선을 근본으로 하되 15년은 노동해야 한 사람의 먹을거리를 얻어 주린 배를 채울 수 있다.'고 주장한바, 백장의 보청

농선병행의 전통대로 일을 마친 뒤 소박한 점심 공양을 마치고 있는 백장사 스님.

보다 1백 년이나 앞선 가르침이었다.

백장과 제자들의 선화 중에는 노동을 소재로 한 공안이 많다. 그 한두 가지만 소개하자면 다음과 같다. 대중 울력으로 밭을 개간하고 돌아오는 길에 백장이 황벽에 물었다.

"밭 개간이 쉽지 않겠지."

"대중들이 다 일했습니다."

"도용道用만 번거롭게 하였군."

"어찌 감히 일을 그만두겠습니까."

"얼마나 개간하였는가."

황벽이 밭매는 시늉을 하자 백장이 별안간 할喝 하고 고함쳤다. 그러자 황벽이 귀를 막고 가버렸다. 대중 울력으로 김을 매는데 한 스님이 북소리를 듣더니 호미를 들고 일어나면서 깔깔 웃고 돌아가니 백장이 말했다.

"정말 좋구나. 이것이 관음보살이 진리에 들어가는 방편이다."

뒤에 백장이 그 스님을 불러 물었다.

"그대는 오늘 무슨 도리를 보았는가."

"저는 아침에 죽을 먹지 못했습니다. 그래서 북소리를 듣고 돌아가 밥을 먹었습니다."

이번에는 백장이 껄껄 웃었다. 죽도 먹지 못하고 일했으니 얼마나 시장했을까. 오매불망 밥 먹을 생각만 하다가 북소리를 들었으니 좋아서 웃음이 절로 나오지 않겠는가. 노동과 선이 하나로 회통이 되는 도리다. 배고픈 자가 일념으로 밥 먹을 생각만 하는 것도 진리에 들어가는 방편과 다르지 않으리라.

최근에 복원한 백장사 대웅전과 옛 백장사의 안대眼帶가 다르다. 묵은 절집 백장사는 앞산이 안산이지만, 새로 지은 백장사는 세속으로 나가는 진입로 쪽을 바라보고 있다. 한번 들앉으면 나가기 싫은 땅이나 가람 배치가 수행자에게는 좋은 터요 요사일 것이다. 절이 세속의 길을 바라보고 있다는 것은 마음을 들뜨게 하기 때문이다.

옛 백장사로 들어가 보니 허름한 전각과 요사가 청대의 것이다. 조사전 벽은 곧 무너질 것 같다. 한 스님이 나무아미타불을 노래하듯 흥얼거리면서 빨랫줄에 널린 빨래를 걷고 있다. 나는 스님에게 다가가 명함을 내밀고 난 뒤 필담을 시도한다. 처음에는 무심하더니 중국인 길잡이가 와 설명하자 하던 일을 멈추고 안내를 해준다.

백장사 뒷산으로 오르는 길엔 대나무가 빽빽하게 들어서 있다. 이길 오른편에 야호암이 있다.

한 마디 잘못하면 오백생 여우 몸을 받으리라

백장사 3

백장사 젊은 스님에게 원즉견조사전願卽見祖師殿이라는 육두문자를 써서 보여 주자, 내 요구가 통했는지 앞장서 걷는다. '아미타불'을 중얼거리며 건들건들 걷는 모습을 보니 무슨 신 나는 일이 있었던 것 같다.

법당 바로 뒤에 자리한 조사전을 가까이서 보니 방치돼 있다는 느낌이 더욱 든다. 허술한 정도가 심하다. 전각 앞뒤로 잡초가 무성하고 벽면의 회칠은 덕지덕지 떨어져 있다. 문을 열어 볼 엄두가 나지 않는다. 퇴락한 조사전이지만 꼭 참배하고 싶었던 것은 신라 출신 선사들의 그림자라도 만나기 위해서였는데 발길을 돌리자니 사뭇 아쉽다. 백장사 역시 신라 출신 스님들의 구법 도량이었다는 사실을 알고 순례 왔던 것이다. 도의가 서당에게 인가받은 뒤 백장을 찾아갔을 때 "강서의 선맥이 모두 동국의 승려에게 속하게 될 것이다."라고 치하했다는 사실에 주목하지 않을 수 없는바, '동국의 승려'란 바로 신라의 구법승들이었던 것이다.

백장사 젊은 스님에게 대의석大義石이 어디 있느냐고 묻자 고개를 한 번 갸웃하더니 뒷산으로 난 오솔길을 가리킨다. 뒷산은 온통 대숲이다. 대숲 사이로 난 오솔길은 오르기 쉽게 계단을 만들어 놓았다.

대의란 백장청규의 대의를 간절하게 지킨 열반涅槃 선사의 별호라고 전한다. 열반 선사의 가풍은 신라 땅까지 소문나 있었던 모양이다. 어느 신라 스님이 열반 선사를 흠모하여 물어물어 백장사를 찾았으나 선사가 이미 입적하고 없었으므로 스승을 친견할 수 없는 현실에 절망하여 자기 몸을 절벽 아래로 던졌다고 한다. 그런데 백장사 대중이 절벽 밑으로 가 보니 그 신라 스님은 몸에 상처 하나 없이 좌선의 자세로 입적해 있었다고 한다. 그의 옷에서 나온 게송이 대중을 크게 감동하게 한바 향을 사르고 재를 지낸 뒤 대의탑 곁에 임심정臨深亭을 세웠다는데 지금도 대의석과 정자가 있는지 궁금하다.

오솔길 계단을 오르는 백장사 젊은 스님은 여전히 노래하듯 '아미타불'을 흥얼거리고 있다. 나를 대하는 태도는 덤덤하지만, 성격은 낙천적인 스님 같다. 저 위에 무엇이 있다는 듯 손을 들어 가리킨다. 좁고 가파른 오솔길이라 필담을 나눌 수도 없다. 나는 젊은 스님의 뒤꽁무니를 따라갈 뿐이다.

백장사에서 가장 유명한 신라 출신의 스님은 10세 주지를 지낸 안安 선사일 것이다. 속성이 안씨安氏였던 것으로 짐작된다. 신라 출신의 스님들에게는 중국 스님들과 구분하기 위해 관습적으로 법명 앞에 속성을 붙였던 것이다. 신라 왕자출신 무상 선사를 쓰촨성에서는 '김화상'이라고 불렀던 것과 같다.

안 선사는 신라말에 입당하여 장시성江西省 무주(撫州; 현 臨川) 소산疎

山의 광인匡仁 선사를 은사로 득도한 뒤 백장산으로 가 자신의 법을 열었다고 한다. 소산은 동산의 제자이니 청원 행사의 손孫이 되고, 백장산에서 개법을 했으니 남악 회양의 손도 되는 셈이다. 어쨌든 안 선사가 법을 드러내고 있는 선화가 〈전등록〉 '홍주 백장 안 화상' 편에 보인다.

법호는 명조明照 선사이다. 어떤 스님이 물었다.

"영롱한 둥근 광채 하나를 보았습니다. 무엇이 본체입니까."

"그대가 멀리 온 것을 위로하노라."

"그것은 하나의 영롱한 둥근 광체가 아닙니까."

아마도 스님의 질문은 좌선 삼매 때 자신의 눈앞에 나타난 황홀한 경계를 얘기하는 듯하다. 좌선 삼매 중에 영롱한 둥근 광채를 보았는데 그것이 바로 마음의 본체가 아니냐는 질문이다. 그러나 안 선사는 그를 어리둥절하게 만든다.

"차나 한 잔 더 마시게."

"무엇이 화상의 가풍입니까."

"수건은 한 치 반의 헝겊이라네."

"만법이 하나로 돌아가면 하나는 어디로 돌아갑니까."

"하나도 묻지 않는 것이 없지."

"어떤 것이 극칙極則입니까."

"공왕전空王殿에서는 구오九伍, 황제의 지위에 오르고 촌 늙은이 문 앞에서는 사람을 세우지 않는다네."

"인연을 따라 인증해 알 때는 어떠합니까."

"인증해 알기 전에는 어떠하였는가."

대사는 본래 신라 사람이었는데 백장산에서 대중을 거느리기 시작한 뒤로 가르침을 받은 제자 도긍道亘 등 7인이 제각기 이어받은 바에 따라 한 지방에서 교화를 폈다. 대사가 입적한 뒤에 문인들이 진영을 그리니 법안法眼이 찬贊을 붙였다.

명조 안 선사와 함께 소산 문하에서 득도하고 백장산으로 온 초超 선사도 신라 사람이었다고 하는데, 선사의 생몰 연대도 안 선사처럼 전해지지 않고 있다. 중국 땅에서 입적하여 행장이 사라져버린 듯한데, 만약에 신라로 돌아와 제자를 두고 교화를 폈다면 분명한 행적이 전해지고 있지 않을까 싶다.

젊은 스님이 큰 바위 앞에서 걸음을 멈춘다. 그가 가리키는 바위가 대의석인가 싶어 다가가 보니 붉은 글씨로 벽운碧雲이라고 음각돼 있다. 한 마디로 대의석과는 아무 상관이 없다. 벽운 왼쪽에는 천하청규天下淸規라는 붉은 글씨가 쓰여 있다.

그리고 보니 구름 문양들이 박힌 이 자연석이 '백장청규비'라는 생각이 든다. 실제로 백장 선사가 선원청규를 제정하고 난 뒤 기념으로 천하청규를 새겼다는 얘기가 절에 구전되고 있단다. 글씨는 백장 선사의 친필이라는 설과 당나라 명필 유공권柳公權의 글씨라는 설이 있는데, 젊은 스님은 잘 모르겠다고 한다.

백장청규비 조금 위에는 붓처럼 뾰족한 바위가 꽂혀 있다. 백장 선사가 천하청규라는 글씨를 쓰고 난 뒤 붓을 던졌는데, 그 붓이 바위로 변해 석필石筆이 됐다는 전설 속의 바위다. 굴이 있는 야호암野狐巖은 올라왔던 오솔길 중간쯤에서 왼쪽으로 10여 미터쯤 걸어가자 보인다. 선어록에 나

송대 명필 유공권 혹은 백장 선사가 썼다는 천하청규가 음각된 바위(오른편).

오는 대로 법당 바로 뒷산에 있는 굴이다. 〈사가어록〉의 선화를 보자.

백장이 상당할 때의 일이다. 한 노인이 대중과 함께 늘 법문을 듣고 가다가 하루는 물러가지 않으므로 백장이 물었다.

"무엇하는 사람인가."

노인이 말했다.

"저는 과거 가섭불 때 이 산에서 살았습니다. 그때 한 학인이 묻기를 '수행을 많이 한 사람도 인과에 떨어집니까' 하고 묻기에 '인과에 떨어지지 않는다(因果不落)'고 대답하여 500생 동안 여우 몸을 받았습니다. 지금 스님께서 이 몸을 바꿀 만한 한 마디를 해주십시오."

"그럼 질문해 보게."

“많이 수행한 사람도 인과에 떨어집니까.”

“인과에 어둡지 않다(因果不昧).”

노인은 말끝에 크게 깨닫고 백장에게 하직을 고하면서 말했다.

“이제는 제가 여우 몸을 벗고 뒷산에 있을 것입니다. 불법대로 화장해 주시기 바랍니다.”

백장은 유나에게 종을 쳐서 대중에게 점심 뒤에 죽은 스님을 장사지내겠다고 알리게 하였다. 점심 뒤 백장은 영문을 모르는 대중을 거느리고 뒷산 바위굴 아래로 가서 죽은 여우 한 마리를 지팡이로 꺼내더니 법도대로 화장하였다.

저녁이 되어 만참晚參법문 때 백장이 앞의 인연을 거론했더니 황벽이 대뜸 물었다.

“옛사람은 깨닫게 해주는 한 마디(一轉語)를 잘못 대꾸하였기 때문에 여우 몸에 떨어져 있었습니다. 만일 (옛사람의) 한 마디 한 마디가 어긋나지 않았다면 어떻게 되었겠습니까.”

“가까이 오게, 그대에게 말해주겠네.”

이에 황벽이 백장에게 다가가 스님의 따귀를 한 대 쳤다. 그런데도 백장은 박수를 치고 웃으며 말했다.

“오랑캐의 수염이 붉다 하려 하였더니 여기도 붉은 수염이 난 오랑캐가 있었구나.”

이와 같은 선화가 〈무문관〉 제2칙의 백장야호百丈野狐라는 공안이 되는데, 황벽은 왜 ‘인과에 어둡지 않다.’라고 알려주어 노인을 제도한 스승 백장에게 이의異意를 제기하고 뺨까지 한 대 후려쳤을까. 백장은 왜 제자 황벽에게 뺨을 한 대 맞고서도 박수를 치면서 웃었을까.

백장 선사가 들여우를 제도한 백장야호(百丈野狐) 공안의 현장인 야호암.

　수불 스님은 이러한 논의에 대해 근본 실상 자리에서는 떨어지고 말 것도 없다고 말씀하신다.

　"선지식 노릇을 잘못 했기에 여우 몸을 받은 겁니다. 가혹한 벌을 받은 거지요. 근본 실상 자리는 인과가 없지요. 인이라고 할 것도 없고 과라고 할 것도 없다는 말이지요. 그렇지만, 인과가 출현해서 선악이라고 하는 어떤 원인을 짓고 거기에 따른 과보를 받아 나고 죽고 하는 생사가 출몰하는 겁니다. 중생은 누구나 그래요. 다만, 깨달음을 이룬 부처님은 예외라고 할 수 있고, 부처님은 우리에게 눈 뜨는 방편을 제시하고 있어요. 참 감사해야 할 일입니다. 그걸 모르는 사람들은 아직도 헤매고 있지요. 부처님이 우리한테 어떤 말씀을 하셨는지 전혀 알지 못하는 사람들이 대

바람에 부딪히는 청량한 댓잎 소리를 벗 삼아 잠시 가부좌를 한 수불 스님.

부분입니다.

　한편, 여우 몸을 오백생 받았다고 하는 말에서도 우주 법계의 시공이라는 개념이 다 다르다는 것을 알아야 합니다. 여기의 한 시간이 저 또 다른 세계에 가면 일 년이 될지 십 초가 될지 그 누가 알 수 있겠습니까. 인과가 본래 없지만, 홀연히 인연 따라 모양이 만들어지면서 시공이 생겨난 것이니까요.”

　젊은 스님이 갑자기 서둘러 하산하려고 한다. 말이 통하지 않고 하던 일을 마저 마치려고 그런 것 같다. 뒤따라가면서 중국인 길잡이를 통해 “스님, 전설 같은 백장야호 고사를 믿습니까.” 하고 물었다. 그러자 젊은 스님이 단호하게 “백장사 역사입니다.”라고 답한다.

　대웅산 자락들과 백장사 뒷모습이 저녁 햇살에 그윽하다. 마치 우주 법계의 현관玄關 같은 미묘하고 아득한 분위기다.

황벽촌 농가들과 논둑길을 지나 맞은편 산기슭의 황벽 선사 묘탑으로 가는 순례자 일행.

문화혁명 때 홍위병의 눈을 피해 황벽촌 사람들이 창고 형식으로 지은 황벽사 법당.

추위가 뼈에 사무치지 않았다면
어찌 매화향기를 얻을 수 있으랴

황벽사 1

황벽 희운 선사

안개가 완강하게 자욱하다. 미니버스가 뱀처럼 구불구불한 사행천을 곁에 두고 황벽산黃蘗山으로 가는 중이다. 개울물 위에 꽃 무더기처럼 피어난 저 안개도 해가 뜨면 자취를 감출 것이다. 안개가 아름다운 것은 밤 공기와 아침 공기의 치열한 갈등이 있었기 때문이 아닐까. 갈대꽃 같은 안개 무더기를 보자, 내가 좋아하는 황벽 선사의 게송이 하나 떠오른다.

번뇌를 벗어나는 일이 예삿일이 아니니
화두를 단단히 잡고 한바탕 공부할지어다
추위가 한 번 뼈에 사무치지 않았다면
어찌 코를 찌르는 매화향기를 얻을 수 있으랴.

塵勞逈脫事非常　緊把繩頭做一場

不是一番寒徹骨 爭得梅花撲鼻香

승두繩頭의 승은 '목수가 기준 삼아 사용하는 먹줄'이란 말이지만 선
승은 화두를 들고 수행하므로 화두란 말로 의역해야 옳을 것 같다. 그러
니 이 구절을 '한바탕 줄을 팽팽하게 당겨볼지어다.'라고 직역하는 것은
좀 더 고민하지 못한 애매한 소리다. 나는 말석의 문학도로서 이와 같은
뛰어난 절창의 게송을 접하면서 황벽 선사를 흠모해 왔고, 선사의 가풍에
도 관심을 두게 되었다. 〈조당집〉에 나오는 선사의 행장을 요약하자면 다
음과 같다.

스님의 휘는 희운希運이고 푸저우福州, 현 푸젠성福建省 푸칭시福淸市
사람으로 알려져 있다. 그가 유년 시절에 고향인 복청현 황벽산 반야당현
만복사로 출가했기 때문이다. 그 밖에 스님의 속성이나 출생 연대와 부
모의 신상은 미상이다. 한미한 집안이었기 때문일까, 그래도 수긍할 수
없는 미스터리다.

스님은 키가 일곱 자로서 장신이었고, 상호는 이마 한가운데에 사마
귀가 난 호랑이상이었다고 한다. 또한, 천성이 활달하여 작은 일에 구애
받지 않았으며 언행은 대승의 천품을 지녔다고 전한다.

이와 같은 언행은 출가 전부터 드러났다. 친구들과 천태산으로 가던
길에 한 스님을 놀라게 한 일이 있었던 것이다. 개울은 장맛비로 불어나
있었다. 스님은 친구들과 함께 개울 앞에서 어떻게 하면 함께 건널 수 있
는지 궁리하며 멈추어 섰다. 그런데 길에서 만난 그 스님이 어서 개울을
건너가자고 재촉했다. 할 수 없이 스님은 자신이 있다면 먼저 건너가 보

라고 했다. 그러자 그 스님이 옷을 걷어 올리고 무사히 건너가 저쪽 개울
둑에 오른 뒤 어서 오라고 손을 흔들었다. 이에 스님이 먼저 건너간 스님
의 행동에 실망하여 소리쳤다.

"이 도적놈아! 애초에 스님을 몰랐던 것이 한이다. 진작 알았더라면
때려서 다리를 분질러 놓았을 것이다."

그제야 그 스님이 스님의 큰마음을 읽고는 탄복했다.

"대승의 바탕이오. 혼자서만 개울을 건넌 나 같은 중하고는 다르오!"

훗날 스님이 출가한 뒤 만행하다가 백장 선사를 참방하게 된 계기는
어느 노파를 만나고 난 뒤였다. 장안의 저잣거리에서 탁발하며 머물 때였
다. 어느 한 집에 가면 꼭 문이 닫혀 있었다. 어느 날 스님은 그 집의 노파
와 마주치게 되었다. 노파가 스님을 보자마자 말했다.

"엉성한 스님일세!"

스님은 노파의 타박을 듣고 나서는 이상한 생각이 들어 항의했다.

"밥을 주기는커녕 어찌하여 엉성하다고 하십니까."

노파가 대답했다.

"겨우 그 모양이니 어찌 엉성하다고 하지 않겠소."

노파는 공부하지 않고 탁발이나 하러 다니는 스님을 꾸짖고 있었던
것이다. 스님은 노파의 말을 알아듣고 나서 미소를 지었다. 그러자 노파
가 스님을 집 안으로 들어오게 하여 공양을 올렸다. 노파는 이미 스님의
얼굴과 행색을 보고는 보통 스님이 아닌 줄 알고는 공양을 마친 스님에
게 그동안 공부한 내용을 낱낱이 물었다.

이에 스님은 하나도 숨기지 않고 다 드러내 보여 주었고, 젊은 날 충

국사忠國師 회상에서 공부했던 노파는 다시 미묘한 관문을 일러 주었다. 이윽고 스님은 노파의 말끝에 그윽한 선문에 대한 의심을 떨쳤다. 잠시 후 스님이 공경하는 마음으로 노파를 스승으로 섬기겠다고 하자 노파가 거절했다.

"나는 여자로서 다섯 가지 장애가 있는 몸이니 강서에 계시는 백장 대사를 찾아가시오. 선림의 선지식으로 여러 봉우리 중에 우뚝 솟아 있다 고 하니 스님은 그분에게 가시어 묻고 배우시오. 뒷날 인천의 스승이 될 것이니 법을 가볍게 여겨서는 안 됩니다."

곧바로 황벽은 백장 선사를 찾아가서 공손하게 예를 갖춘 뒤 물었다.

"예부터 전해온 법을 화상께서는 사람들에게 어떻게 가르치십니까."

백장 선사가 침묵만 하고 있자, 황벽이 말했다.

"뒷사람들이 끊어지게 해서는 안 될 것입니다."

백장 선사가 말했다.

"나는 처음부터 너를 한 사람의 공부인으로 보았었지!"

백장 선사가 방장실로 들어서며 문을 닫으려 했다. 그때 황벽이 말 했다.

"제가 여기 온 것은 한 마디 허락의 말씀을 듣기 위해서였습니다. 저 는 그 말씀만으로도 만족할 뿐입니다!"

"그렇다면 뒷날 나를 저버리지 않도록 하라."

이후 황벽은 백장 선사를 시봉하며 여러 해를 보냈다. 〈조당집〉에는 선사들의 행장을 소개하는 데 있어서 뼈와 골수만 전하고 있어 그 이면 의 심리는 상상해 볼 수밖에 없다. 나 역시 보통사람들의 이해를 위해 조금씩 의역했지만, 당시 선사들의 내면까지는 읽는 이가 헤아려야 한다는 생각이 든다. 백장 선사에게 입실을 허락받은 황벽의 마음이 어땠을까 하는 것도 어렵지 않게 상상할 수 있음이다. 마치 수험생이 원하는 대학에 합격한 것처럼 말로 표현할 수 없을 만큼 기뻤을 터이다. 입실을 허락한 백장 선사에게 황벽이 감개무량하여 '저는 그 말씀만으로도 만족할 뿐입니다!'가 바로 그것이다.

황벽의 호랑이상은 스승인 백장 선사의 눈에도 그렇게 보였던 모양이다. 어느 날 백장 선사가 황벽에게 물었다.

"어디 갔다 오는가."

"산 아래서 버섯을 따가지고 오는 길입니다."

"산에 호랑이 한 마리가 산다는데 너도 보았느냐."

이에 황벽이 호랑이 소리를 내자, 백장 선사가 허리춤에서 손도끼를 꺼내더니 찍을 자세를 취했다. 황벽은 잽싸게 백장 선사의 손을 잡더니 따귀를 후려쳤다. 시늉만 한 것을 뒷사람이 극적으로 표현하기 위해 때렸다고 기록했는지도 모른다. 어쨌든 백장 선사는 껄껄 웃으며 방장실로 돌아가 버렸다. 저녁이 되어 만참법문 때 백장 선사가 말했다.

"대중들이여, 산 아래 호랑이 한 마리가 살고 있으니 잘 살피라. 노승도 오늘 아침 한 입 물렸느니라."

여기서도 백장 선사의 마음을 헤아려볼 수 있는데 '한 입 물렸다.'라고 대중들에게 알림은 지금부터 황벽을 자신의 법을 이어나갈 후계자로 삼겠다는 의중이 아니었을까.

이후 황벽은 백장사를 떠나 사숙이 주석하고 있는 안후이성 남전사

로 가 남전 선사 회상에서 머문다. 사숙 중에는 서당도 있었지만, 황벽은
남전 선사의 가풍이 더 자신에게 계합됐던 것 같다. 남전 선사의 제자 중
에는 조주가 있고, 신라로 돌아와 사자산문을 개창한 도윤이 있다. 어느
날 남전 선사가 나물을 다듬으러 가는 황벽을 보고 물었다.

“어디를 가는가.”
남전 선사가 묻는 요지는 ‘무엇을 견철하고 있느냐’가 아니었을까.
그러나 황벽은 사숙의 말에 걸리지 않을 기회를 엿본다.
“나물을 다듬으러 갑니다.”
남전 선사는 이미 나물 다듬는 울력이 있다는 사실을 알고 있었으므
로 다시 물었다.
“무엇으로 다듬는가.”

그제야 황벽이 남전 선사 눈앞에 칼을 번쩍 들었다. 전광석화처럼 빠
르게 들었다. 빠져나갈 완벽한 기회를 잡았던 것이다. 남전 선사는 황벽
의 선기를 시험해 보았으므로 더는 그 자리에 머물 필요가 없었다. “여러
사람이 나물을 다듬는군.”하고는 방장실로 들어가 버렸다. 남전 선사와
황벽의 문답 중에는 ‘짚신 값 돌려달라’는 환초혜전還草鞋錢이라는 공안
도 있다. 남전 선사가 물었다.
“정定과 혜慧를 함께 배워서 부처님 성품을 밝게 본다 하는데 그 뜻
이 무엇인가.”
“온종일 한 물건에도 의지하지 않는 것입니다.”
“그게 바로 장로의 견해인가.”

황벽촌의 일하는 농부와 한가로이 풀을 뜯는 말. 이 마을에선 말을 운송 수단으로 쓰고 있다.

“부끄럽습니다.”

“장 담그는 데 부은 물값은 그만두더라도 짚신 값은 주어야 할 게 아
닌가.”

물은 값이 없는데 짚신은 값이 있는 물건이다. 깨달음을 위해 돌아다
니느라 많은 짚신이 닳았을 테니 이제는 그 짚신 값, 즉 깨달은 경지를 내
보이라는 말이 아닐까. 황벽은 남전 선사에게 한 점 침묵으로 자신의 경
지를 내보였다.

황벽은 남전사에서 다시 홍주의 관사官寺인 개원사로 떠난다. 그날
남전 선사는 산문 밖까지 나와 황벽을 전송해 주었다. 석별의 정을 나누
는 데에도 법이 오갔다. 남전 선사가 황벽의 삿갓을 벗기면서 말했다.

문화혁명 중에도 황벽선사 묘탑을 지켜온 황벽촌 마을 노인.

"장로의 몸집은 큰데 삿갓은 작구나."

"그래도 이 작은 삿갓 속에 온 우주가 몽땅 들어 있습니다."

실제로 삿갓이 덩치 큰 황벽에게는 작았을 수도 있었지만, 황벽은 그렇게 대답하고는 바로 남전사를 떠났다.

마침내 이평현宜豊縣 황벽촌에 이르니 안개가 걷힌다. 촌부들이 햇볕에 곡식을 말리고자 이른 아침부터 멍석을 펴고 있다. 지금까지 순례 중에 보았던 사하촌 중에서 가장 외진 곳 같다. 아직도 이곳의 늙은 촌부들은 조랑말을 타고 다니고 있다. 갑자기 시곗바늘이 거꾸로 돌아가는 느낌이다. 선사는 왜 이런 오지 황벽산으로 들어와 회상을 이루었을까. 황벽사는 선사가 입적할 때까지 교화를 편 행화도량이었던 것이다.

허름한 창고 같지만 마을 주민의 지극한 불심이 배어있는 황벽사 법당과 예불하는 순례 일행.

황벽사 2

　허름한 황벽사를 보자 눈가에 뜨거운 것이 돈다. 절이라기보다는 창고 건물에 가깝다. 건물 안도 60년대에 보았던 서커스단의 가설무대 같다. 그러나 흙바닥에 예불 방석들이 반듯하게 놓였고 정갈하게 청소된 상태로 보아 전등傳燈의 불이 꺼진 것 같지는 않다. 법당 정면에는 황벽 선사의 선어록인 〈전심법요傳心法要〉라는 글씨가 주련처럼 크게 쓰여 있다.

　법당 옆 건물에 사는 아낙네가 코흘리개 아이를 데리고 나와 순례자를 맞이한다. 낯선 사람을 본 아이가 엄마 치마 뒤로 숨는다. 아이가 복전함으로 보여 중국 지폐를 내밀자 방긋 웃는다. 돌로 만든 사각 향로에 향을 꽂고 난 뒤 합장을 한다. 아마도 옛 황벽사에서 사용했던 향로이리라. 향로 너머로는 논밭 가운데 중창 불사 중인 대웅전이 보인다. 주지 스님은 출타 중이라고 한다. 조랑말 한 마리가 대웅전 앞뜰에서 풀을 뜯고 있을 뿐이다.

아낙네에게 지금의 저 가설무대 같은 건물이 원래 법당이냐고 묻자, 옛 법당은 오래전에 스러져 버렸고 문화혁명 때 홍위병의 눈을 피하고자 마을 사람들이 창고처럼 법당을 지었다고 한다. 아낙네의 말을 그대로 믿는다면 황벽촌 사람들의 불심이 대단하다.

(그러나 6개월 뒤 수불스님을 모시고 2차 순례를 다시 왔을 때 당에서 나온 관리는 주지 심공心空 스님의 말을 가로막으며 다르게 말했다.

"지방공무원들의 지휘부 회의장소로 사용한 건물이었지요. 종교정책이 회복되면서 스님들에게 넘겼습니다."

60대 중반의 심공스님은 뭔가 할 얘기가 있는 표정이지만 젊은 관리의 말을 듣기만 했다.)

아낙네에게 옛 흔적을 안내해 달라고 하자, 우물과 건물 벽에 붙은 작은 비문을 가리킨다. 비문에는 다음과 같이 쓰여 있다.

'황벽사의 원래 이름은 영취사였다. 희운 선사가 이 사찰에 머문 뒤에 자신의 고향인 복건 복청의 황벽산을 그리워하다가 마침내 사찰 이름을 황벽사로 고쳤다. 천여 년 이래 황벽사는 홍망성쇠를 거듭하다가 문화혁명 기간에 심하게 훼손되어 지금은 절터와 무너진 벽 일부만 남아 있다. 벽돌 위에 영취사라는 글자의 흔적만 겨우 남아 있을 뿐이다.'

명청대 때만 해도 황벽사의 규모는 대단했던 것 같다. 황벽촌 뒷산에 조성된 묘탑들이 예사롭지 않다. 특히 훼손이 덜 된 황벽사 37세와 38세의 묘탑들은 방장급의 위의를 드러내고 있고, 당시 사격寺格이 임제종의 본가였음을 증명하고 있다.

순례 일행을 친절하게 맞아주신 황벽사 심공 주지 스님

황벽사가 융성한 계기는 황벽의 재가제자 배휴의 막후지원이 절대적이었으리라는 생각이 든다. 황벽 선사와 배휴의 만남은 당 무종 회창 2년(842)에 배휴가 종릉(홍주-현 난창南昌-부근의 도시) 관찰사일 때 용흥사에서 이루어졌고, 이후 당 선종 대중 2년(848) 완릉(안휘성 무호 동남쪽의 선주) 개원사에서 이루어진다. 그러다가 홍주 개원사(대안사, 완릉 개원사와 다름)에서 배휴가 황벽의 한 마디에 깨달음을 이룬 뒤 재가제자가 되어 더욱 인연이 깊어진다. 배휴가 깨달음을 이루는 기연機緣의 선화가 〈전심법요〉나 〈선문염송집〉에 나온다.

황벽 선사께서 일찍이 대중을 흩으시고, 홍주 땅의 개원사에 머물고 계셨다. 어느 날 상공 배휴거사가 절로 들어오다가 벽화를 보고 그 절의 주지 스님에게 물었다.

"이분들은 누구십니까."

지금도 중국의 절에는 조사와 고승들을 벽화로 그리는 전통이 남아 있다. 절의 회랑이나 법당 벽에 그려놓는 것이다.

"이 절과 인연 있는 고승들입니다."

"고승들의 얼굴이 그럴듯하구려. 그럼, 이 고승들은 지금 어디에 계십니까."

주지 스님이 아무런 말도 못했다. 배휴가 말문이 막힌 주지 스님에게 다시 말했다.

"이 절에 선승은 안 계십니까."

"한 분이 계십니다."

"그분을 뵙고 싶습니다."

마침내 배휴는 황벽 선사를 청하여 뵈었다. 배휴는 황벽 선사에게도

안내판에 의하면 이 부분만이 황벽사 옛법당의 벽돌이라고 한다.

조금 전처럼 물었다.

"얼굴이 그럴 듯한 이 고승은 지금 어디 계십니까."

이때 황벽 선사가 큰소리로 배휴를 불렀다.

"배휴!"

배휴는 깜짝 놀라서 대답했다.

"예."

"어디 있는고."

배휴는 황벽 선사의 말끝에 단박에 깨쳤다. 그런 뒤 제자로서 예를 갖추어 황벽 선사에게 개당설법을 청하였다.

이처럼 재가제자가 된 인연으로 배휴는 황벽 선사의 법문을 기록으로 남기게 되는데 그것이 바로 〈전심법요〉이다. 참고로 '단박에 깨쳤다.'라는 〈전심법요〉의 기록을 보고 하근기의 보통사람들이 의아해할까 봐 부연설명을 하지 않을 수 없다. 깨침이 이루어진 그 과정을 살펴본다면 의심이 사라질 것이기 때문이다.

앞서도 얘기했지만, 배휴가 황벽 선사를 홍주 개원사에서 처음 만난 사이가 아니라는 것을 알아야 한다. 이미 지방장관 시절에 수년 동안 지속적으로 황벽 선사를 찾아가 도를 물어왔던 것이 사실이다. 지방민의 생사여탈권을 쥔 관찰사로서 체통도 접어둔 채 아침저녁으로 법을 구하러 다녔던 것이다. 이 정도의 간절한 참방이라면 깨달음의 갈림길에 들어선 재가수행자가 아니었을까 싶다. 뒤집어 얘기하자면 깨침의 인연이 임계점에 다다라 있다가 황벽 선사의 대갈일성으로 몰록 깨쳤다고 봐야 옳은 것이다.

한편, 〈전심법요〉의 가치를 성철 스님은 다음과 같이 평하고 있는데 여기에 이의를 제기할 사람은 아무도 없으리라고 본다.

'구사하는 언어들이 간명하고도 평이하며 격외언구의 고준한 말들을 사용치 않으면서도 선의 이치를 논리적으로 전개하고 있기 때문에, 선의 개론서로서의 성격뿐만 아니라 조계정전의 정통 선사상을 이해하는 데 가장 긴요한 어록으로 평가받고 있습니다. 그러므로 우리가 조계의 원류에 다다르려면 이 〈전심법요〉를 통한 황벽 스님의 문정門庭을 통과하지 않을 수 없는 것입니다.'

〈전심법요〉을 읽어본 사람은 알겠지만, 굳이 한 가지 예를 들자면 다음과 같다. 황벽 선사의 법문은 명쾌하고, 개오한 배휴의 문장이므로 이해하기가 쉽다.

배휴가 물었다.

"도란 무엇입니까. 어떻게 수행해야 합니까."

대사께서 대답했다.

"도가 무슨 물건이라도 된 줄 아느냐. 왜 닦으려고 하느냐."

"그런데도 제방의 종사들이 서로 이어받고 있습니다. 참선하여 도를 배우는 것은 무엇 때문입니까."

"둔근기鈍根機를 이끌어 주는 말일 뿐이다. 그러니 의지할 것이 못 되느니라."

"둔근기를 위한 말이라면, 상근기를 위해서는 무슨 법을 설합니까."

"상근기라면 어찌 남에게서 찾으려 하겠느냐. 저 자신도 얻지 못하는 것을 알고 있거늘. 더구나 따로 뜻에 합당한 법이 어디 있겠느냐. '법이 무슨 모양이더냐.'라고 한 경經의 말씀을 들어보지 못했느냐."

"도무지 구하여 찾을 필요가 없다는 말씀입니까."

황벽 선사의 법력으로 난폭한 호랑이가 유순해졌다는 전설의 현장이 된 호포천.

"그리만 된다면 마음의 힘이 덜게 되니라."

"온통 끊어져 버려서 없다는 것도 당치 않겠습니다."

"누가 그것을 없다 하였으며, 그것이 도대체 무엇이라고 너는 찾으려 하느냐."

"스님께서는 이미 찾는 것을 허락하지 않으시고서는 어찌하여 그것을 끊지도 말라 하십니까."

"찾지 않으면 그 자리는 바로 쉼인데, 누가 너더러 끊으라 하였느냐. 눈앞의 허공을 보아라. 어떻게 저것을 끊겠느냐."

"이 법은 곧 허공과 같이 될 수 있습니까."

"허공이 언제 너더러 같다거나 다르다고 말하더냐. 내 잠시 이렇게 말하니 너는 당장 여기에 알음알이를 내는구나."

"사람들과 더불어 알음알이를 내지 않음이 마땅한 것입니까."

"내 너를 방해한 적은 한 번도 없거니와, 요컨대 알음알이란 뜻情에 속한 것으로서 뜻이 생기면 지혜가 막히게 되느니라."

"여기에 있어서 뜻을 내지 않는 것이 옳은 것입니까."

"뜻을 내지 않는다면 누가 옳다고 말하겠느냐."

가만히 귀를 기울이면 다 들을 수 있는 선문답들인데, 배휴가 깨달음의 인연을 깊게 만들어가는 종릉과 완릉 시절에 물었던 도道에 대한 기록한 것이 아닌가 싶다. 이러한 문답을 모아 기록한 까닭은 어떤 의도가 있는 듯싶다. 〈전심법요〉의 서문을 보면 어느 정도 답이 될 것도 같아 요약해서 소개해 본다.

'내가 회창 2년 종릉에 관찰사로 재임하면서 산중으로부터 스님을 고을로 모셔 용흥사에 계시도록 하고 아침저녁으로 도를 물었으며, 대중 2년 완릉에 관찰사로 재임할 때에 다시 가서 예로써 맞이하여 관사에 모시고 개원사에 안거하시도록 하여 아침저녁으로 법을 받아 물러 나와서 기록하였는데, 열 가운데 한둘밖에는 얻지 못하였다.

이를 마음의 인장(心印)으로 삼아 차고 다니면서 감히 드러내어 발표하지 못하다가, 이제 신령스런 경지에 드신 그 정묘한 뜻이 미래에 전하여지지 못할까 두려워하며….'

여기서 '열 가운데 한둘밖에 얻지 못하였다.'라는 문장은 더 큰 공부의 인연을 지어가는 배휴 자신의 심사를 고백한 글이 아닐까. 거꾸로 말하자면 자신과 같은 처지의 공부인들에게 도움을 주려고 〈전심법요〉를 기록한다는 말도 되는 것이다. 그러고 보면 '선의 개론서'라고 한 성철 스

순례일행에게 정성스럽게 점심공양을 준비하는 황벽촌 불자들.

님의 평은 합당한 말씀이 아닐 수 없다.

황벽사에 가장 확실하게 남아 있는 유적은 호포천虎鉋泉이다. 호포천은 지금도 황벽촌 사람들이 사용하는 샘이며, 황벽 선사의 이야기가 전설로 전해지는 현장이다. 황벽 선사가 주지 스님으로 와서 황벽사 대중들과 마을 사람들에게 해를 끼치는 호랑이를 불법으로 굴복시키고 석산石山의 강한 기운을 눌렀다는 전설이다. 황벽 선사의 법력으로 유순해진 호랑이가 선사의 입적 소식을 듣고는 선사의 묘탑 앞의 돌에 부딪혀 죽었는데, 바로 그곳에서 샘물이 흘러나와 사시사철 마르지 않았다고 하여 마을 사람들이 호포천이라고 불러왔다는 것이다.

어떤 난폭한 사람이 황벽 선사의 법력에 감화되어 불법에 귀의한 사건이 전설화되면서 호랑이로 둔갑했는지도 모르겠지만, 아무튼 전설이 이야기하고자 하는 요지는 황벽 선사의 위신력威神力인 것 같다. 그런데 황벽 선사의 묘탑은 호포천 전설과 달리 샘에서 15분 정도 걸어가는 산자락에 있다고 황벽촌의 한 청년이 알려준다. 30세의 유환연喩煥然이라는 순박한 청년인데 친절하게도 앞장을 서준다.

첨언; 2차 순례 때는 황벽촌 사람들이 마을잔치를 하듯 아침부터 쌀과 채소를 황벽사에 보시하고 준비하여 순례 일행 모두가 절에서 점심공양을 여법하게 했다. 절에는 사람들의 숫자대로 공양물이 저절로 마련되는 전통이 있었다고 웃으며 말씀하시는 주지 스님의 법문에 순례 일행 모두는 신심을 냈다.

황벽사 건물 앞에 방치된 듯 조촐한 돌향로 뒤로 대웅전 불사가 한창이다.

황벽사 3

청년에게 황벽산에 황벽나무가 있는지 물었지만 모른다. 황벽나무는 오동나무와 비슷하게 생겼다고 한다. 실제로 황벽사 주변에는 황벽나무가 없다. 아마도 황벽 선사가 이곳에 주석하면서 고향의 황벽산 이름을 빌려왔는지도 모르겠다. 왔던 길을 다시 내려가 다리를 건너기 전에 왼쪽으로 난 길을 조금 걸어가자 농가가 몇 채 보인다. 농가 앞은 계단식 논들이다. 황벽 선사의 묘탑은 농가 맞은편 산자락에 있다고 한다. 순례 일행은 청년이 안내하는 대로 논둑길을 걸어가면서 상념에 젖는다. 논둑길에는 절에서 나왔음 직한 반듯한 기단석들이 듬성듬성 방치돼 있다. 옛 황벽사의 자취들이 분명하다. 문득 황벽 선사 묘탑을 찾아가는 나는 무상감에 몸서리친다.

이전에 왔던 어느 비구니 스님은 눈물을 흘리며 논둑길을 걸었다고

하고, 어느 비구 스님은 몇십 년 만에 의문이 풀려 덩실덩실 춤을 추며 건
너갔다고 한다. 지금 나는 가랑비 같은 상념을 털고 눈을 똑바로 뜬 채 걷
고 있다. 황벽촌의 논둑길 여기저기에 동글동글한 말똥들이 보인다. 눈을
'말똥말똥' 뜨고 있다는 문장의 의태어가 말똥의 모습에서 생겨난 것일까.

황벽 선사의 제자 중에 배휴 거사가 고족高足의 재가 제자라면 전법
제자는 임제 선사이다. 임제는 황벽 회상에서 수년 동안 정진했다고 한
다. 그러니 지금 내가 걷는 이 논둑길은 천 년 전 이곳에 머물렀던 임제의
눈에도 낯익었을 터이다.

임제의 휘는 의현義玄, 조주曹州 남화(南華; 현 산둥성 연주부 단현) 사람
이고 속성은 형邢씨였다고 한다. 효심이 깊은 그는 어린 시절부터 출가할
마음이 있었는데, 이윽고 젊은 나이에 출가의 뜻을 이루자 처음에는 경經
을 섭렵했다고 전해진다. 특히 그는 화엄사상과 유식사상에 정통했다고
알려지고 있다. 그러나 젊은 임제는 한때 투철한 견처를 얻지는 못했던
듯하다. 훗날 임제는 견처를 얻지 못했던 시절을 대중들 앞에서 다음과
같이 회상하고 있는 것이다.

"대덕들이여! 우물쭈물 헛되이 세월을 보내서는 안 된다. 지난날 이
산승도 깨닫지 못했을 때는 빛이 없는 절망 속에서 이리저리 깨달음을
찾아 방황했다. 흐르는 광음을 헛되이 보낼 수 없어서 가슴속은 타오르고
마음은 갈팡질팡하여 이곳저곳에서 가르침을 찾아 물었다."

임제가 방황을 멈춘 것은 황벽 선사를 참방하고 난 뒤부터였다. 그래
서 선지식과의 인연이 절대적인 것이다. 임제는 황벽 선사 회상에서 깨달
음의 인연을 지어갔다. 〈임제록〉에 나오는 선화를 보면 임제가 황벽 선사

회상에서 공부해 가는 과정이 생생하게 느껴진다.

황벽 선사가 승당 앞으로 오는 것을 보고 좌선하고 있던 임제가 눈을 감아버렸다. 이에 황벽 선사는 바로 방장실로 돌아가 버렸다. 그러자 임제가 방장실로 뒤따라가 사과했다.

"황송합니다."

황벽 선사가 수좌에게 말했다.

"이 사람이 비록 젊지만, 이 일을 알고 있군."

이 일此事이란 불법의 근본을 뜻했다. 수좌가 믿지 못하겠다는 듯 물었다.

"노스님께서는 발꿈치를 땅에 딛지도 않고 이 젊은 사람을 증명하시는 것 같습니다."

발을 땅에 딛지 않는다는 말은 당시 속담으로 확실한 사실을 모른다는 뜻이었다. 수좌의 말에 황벽 선사는 자신의 입을 손바닥으로 쳤다. 말을 함부로 했다는 몸짓이니 실수했다는 말이나 다름없었다. 수좌가 말했다.

"아셨으면 됐습니다."

황벽 선사가 선방에서 조는 임제를 보고는 주장자로 좌선상坐禪床 판자를 한 번 쳤다. 임제는 눈을 뜨고 황벽 선사를 보더니 다시 졸았다. 그러자 황벽 선사는 또다시 좌선상 판자를 쳤다. 그리고는 웃간(上間)에 있는 수좌에게 가서 말했다.

"아랫간(下間)의 젊은 후배는 좌선하고 있는데 수좌는 여기 앉아 망상만 일으키고 있나니, 그래서 무엇을 하겠는가."

"노스님께서 무슨 말씀을 하시려고 그러는 겁니까."

이에 황벽 선사가 좌선상 판자를 한 번 치고는 나가버렸다.

어느새 임제는 부방장 위치인 수좌의 경지를 넘어서고 있었다. 수좌
가 번번이 젊은 임제 앞에서 어리둥절한 태도를 보이고 있는 것이다. 다
음 선화를 보면 어느새 임제는 스승 황벽 선사 앞에서 할을 하는 경지에
이르고 있다.

황벽 선사가 부엌으로 들어가 공양주에게 물었다.

"무엇을 하는가."

"대중 스님들이 먹을 쌀 속에서 티나 돌을 골라내고 있습니다."

"하루에 얼마나 먹는가."

"두 섬 닷 말을 먹습니다."

"너무 많지 않은가."

"오히려 적다고 생각합니다."

이에 황벽 선사는 공양주를 때렸다. 공양주가 아직도 법을 묻는 선문
답인 줄 모르기 때문이었다. 이 일을 공양주가 임제에게 말했다. 그러자
임제가 말했다.

"내가 그대를 위해 노스님과 선문답을 하리라."

이윽고 임제가 황벽 선사 옆에 다가서자 황벽 선사가 부엌에 있었던
일을 얘기했다. 그러자 임제가 말했다.

"공양주는 알지 못합니다. 그러니 스님께서 대신 다시 한 번 말씀해
주십시오."

선지식을 눈앞에 두고 헛되이 행각하지 말라 경책하는 황벽 선사의 묘탑.

그런 뒤 임제가 황벽 선사에게 말했다.

"대단히 많지 않습니까."

임제는 쌀을 단순한 쌀로 보지 않고 자성自性으로 보고 있는 것은 아닐까. 그러니 많다고 자신 있게 말하고 있는 것이다. 그러자 황벽 선사가 말했다.

"왜 이렇게 이르지 않는가. '내일 한 번 더 먹습니다.'라고 말일세."

"무슨 내일을 들먹일 게 있습니까. 바로 지금 잡수시지요."

그러면서 뺨을 올려붙이려고 하니 황벽 선사가 말했다.

"이 미친놈이 또 여기 와서 호랑이 수염을 만지는구나!"

이에 임제는 바로 악! 하고 고함을 치고 나가버렸다.

임제를 주시해 왔던 황벽 선사는 어느 날 대중 스님들에게 설법했다.

"내가 대적(大寂: 마조) 문하에서 수행할 때 함께 공부했던 도반으로 대우大愚라는 분이 계셨다. 이분은 일찍부터 제방을 행각하여 법안法眼이 매우 고명하셨다. 지금은 산중에 계시는데 대중생활보다는 초막에 혼자 있기를 좋아하신다. 나와 헤어질 때 그분이 간곡히 부탁하기를 '훗날 근기가 뛰어난 수행자를 만나거든 나를 찾아보도록 얘기해주시오.' 하였느니라."

임제는 자신에게 한 말임을 금세 알아차리고 고안현高安縣 깊은 산중에 있는 대우 선사를 찾아다니게 된다. 문전박대를 당하면서도 몇 번을 참방한 끝에 깨달음을 얻는다. 황벽과 대우라는 걸출한 두 선사가 임제를 대오케 했던 것이다.

산자락으로 들어가 희미한 길을 조금 더듬어 나가자 대숲 속에 두 개의 묘탑이 보인다. 먼저 보인 부도에는 벽랑지탑壁朗之塔이라는 글씨가 새겨져 있다. 벽랑 선사 탑인데 벽랑이 누구인지 잘 모르겠다. 안내해준 청년도 우물쭈물하고 만다.

두 번째 보인 묘탑이 바로 순례 일행이 찾던 황벽 선사 묘탑이다. 탑에는 단제운조탑斷際運祖塔이라고 새겨져 있다. 조탑祖塔이란 조사탑祖師塔의 준말일 것이다. 그리고 운運은 희운希運을 줄인 법명일 것이다. 그런데 단제斷際란 별호나 시호 같은 느낌이 들고 무슨 사연이 있는 듯하다. 숙소로 돌아와 알아보니 과연 흥미로운 인연이 깃들어 있다.

당나라 선종은 연호를 대중大中이라 했다. 그래서 선종을 대중 천자大中天子라고도 불렀다. 대중 천자가 황제로 즉위하기 전에 조카인 무종의 핍박을 피해 한때 출가하여 향엄의 제자가 된 적이 있었다. 이후 대중 사미는 염관 제안 국사 문하에서 서기書記를 보았다. 그때 황벽은 염관 문하에서 수좌로 있었다. 하루는 황벽이 예불을 보고 있는데 대중 사미가 물었다.

"부처에게도 법에도 스님에게도 구하지 말라는데 스님은 무엇에다 예불하십니까."

이에 황벽 수좌가 말했다.

"부처에게도 법에도 스님에게도 구하지 않고 항상 이렇게 예불을 하고 있소."

"예불하여 무엇하려고 그럽니까."

절만 하는 것은 어리석은 일이 아니냐는 투로 말하자 황벽 수좌가 대중 사미의 뺨을 한 대 때렸다. 대중 사미는 '이런 난폭한 자가!'라고 하며 얼이 빠졌다. 그러자 황벽 수좌는 연달아 두 번을 더 때렸다.

황벽 선사 묘탑에서 야단법석을 펼쳐 순례 일행에 법우를 내려주신 수불 스님.

“이곳이 어디 줄 알고 거치니 고우니 지껄여대는가.”

이후 대중 사미는 무종이 죽자 환속하여 황제로 즉위하였는데, 황벽 수좌에게 세 번 뺨을 맞은 분풀이로 추행사문(麤行沙門; 난폭한 사문)이란 호를 내렸다. 그러자 즉시 상공 배휴가 간했다.

“폐하께 황벽 선사가 세 번 손을 댄 것은 폐하의 삼제윤회三際輪廻를 끊는다는 뜻입니다.”

삼제란 삼세三世와 같은 말이다. 선종은 배휴의 주청을 들어 호를 다시 단제 선사라고 고쳐 내려주었다. 상공 배휴가 선기를 발휘하지 않았더라면 황벽 선사의 호가 점잖지 못하게 두고두고 ‘깡패 중’ 정도가 될 뻔했던 사건이었다.

선사의 묘탑을 보고 있자니 사자후가 들리는 듯하다.

“너희는 모조리 술지게미를 먹는 놈들이다. 행각을 한답시고 남들의 비웃음이나 사면서 안이하게 세월을 보내고 있구나! 세월이 한 번 가면 언제 또 오늘이 오겠느냐. 이 큰 당나라 땅에 선사禪師가 없음을 너희는 아느냐.”

선지식을 눈앞에 두고 헛되이 돌아다니지 말라는 등골이 서늘해지는 말씀이다. 묘탑 주위에 선 대나무들이 죽비가 되어 나를 후려칠 것만 같다. 황벽 선사의 사자후를 듣게 해준 청년이 새삼 고맙다. 청년에게 고마운 마음이 들어 사례하려고 하자 기겁을 한다. 대숲에 일렁이는 황벽촌의 아침 햇살이 청년의 마음처럼 순결하고 아름답다.

첨언; 2차 순례 때의 일이다. 수불 스님은 황벽 선사 묘탑에서 황벽 선사의 법향과 기운이 충만한 현장에 와 있다는 감회에 젖어 법문하신

바 있는데, 선사가 노모를 내쳤던 그 부분에서 스님은 독창적인 목소리를 냈다. 이 지면에 그대로 옮겨본다.

"황벽 선사의 일화 중에 당신의 정진을 위해 어머니를 내쳤다는 얘기가 있는데, 저는 그렇게 보지 않습니다. 황벽 스님은 그런 어른이 아닙니다. 당신을 이 세상에 태어나게 한 부모를 어떻게 저버릴 수 있겠습니까. 불교는 부모를 멀리하고 무시하는 종교가 아니지요. 그러면서 무슨 중생제도를 하겠어요. 나는 우리 불교가 은둔 아니면 부모·형제 외면하면서 자기밖에 모르는 종교로 비칠까 걱정도 됩니다. 깨달음을 구하는 물불을 안 가리는 절박한 수행자의 처지에서 살불살조나 부모·형제 멀리하는 얘깃거리가 등장할 수는 있겠지만 실제로는 황벽 스님이 그런 모습을 취했다고는 생각지 않습니다. 〈전심법요〉를 강의하는 동안 황벽 스님의 가풍을 퇴색시키지 않을까 싶어 조심스러웠는데 스님의 묘탑 앞에 서서 오늘 처음으로 얘기를 꺼내는 겁니다."

황벽 선사의 통렬한 가풍이 왜곡될까 싶어 황벽 선사와 노모 부분을 선어록에 나온 대로 강의해왔는데, 황벽 선사 묘탑을 참배하는 기회가 왔으므로 후손으로서 마음속에 있는 말을 하시겠다는 취지의 말씀이었다.

또 하나 잊지 못할 일은 스님께서 법문하시는 도중에 나에게 내 산방의 오두막 처마 밑에 걸 벽록당檗綠堂이라는 당호를 내리셨다. 순간 나는 오두막 한 채를 선물 받은 느낌이 들었고, 말 그대로 일가—家를 이루어야겠다는 발심을 했다.

동산 선사 묘탑에서 바라본 동산사 후경. 동산사는 계곡과 산세가 한국 절과 비슷하다.

조동조정曹洞祖庭이란 산문의 편액이 이 절이 조동종의 발상지임을 말해준다.

물과 새와 나무숲이 모두 부처님을 생각하네

동산사 1

동산 양개 선사

　이평현宜豊縣에서 백차白茶를 한 통 선물 받고 동산사洞山寺로 가는 중이다. 동산사 앞에 조동조정曹洞祖庭이란 말이 관용구처럼 붙는 것을 보면 조동종曹洞宗의 발상지임을 알 수 있다. 동산사가 있는 동안향同安鄕 동산촌이 그리 먼 거리는 아니지만 도로 사정은 아직도 팍팍한 것 같다. 순례 일행은 예정보다 시간이 걸려 동안촌에 도착하여 조감도를 바라본다. 동산사 역시 이평시의 자존심인 듯 큰 불사를 할 모양이다.

　주차장에서 계곡을 따라 오르는 산길이 꼭 우리 산중의 절 같다. 계곡도 크지 않고 소박하다. 개울물 소리가 돌돌 들린다. 조금 더 오르니 누각 형태의 봉거교逢渠橋가 나타난다. 거渠는 동산 선사의 그림자다. 개울물에 비친 자신의 그림자를 만난 다리라는 뜻이다. 동산은 물에 비친 자신의 그림자를 보고 깨달음을 얻었다고 한다. 그때 동산이 남긴 오도송을 과수게過水偈라고 부른다.

동산이 일명 봉거게라고 부르는 과수게를 읊조리게 되는 계기가 있다. 운암 선사의 '한 마디'에 걸려 그 말만 생각하며 개울물을 건너다 자기 그림자를 보고 그 '한 마디'를 타파했던 것이다. 〈동산록〉은 동산이 운암 선사와 나누는 얘기를 다음과 같이 기록하고 있다.

하직인사를 하는 동산에게 운암 선사가 말했다.

"어디로 가느냐."

" 스님과 이별하긴 합니다만 갈 곳을 정하진 못했습니다."

"호남으로 가지 않느냐."

"아닙니다."

"고향으로 돌아가지 않겠느냐."

"아닙니다."

"조만간에 되돌아오게."

"스님의 안주처가 있게 되면 오겠습니다."

"여기서 일단 헤어지고 나면 만나기 어렵겠지."

"만나지 않기가 어려울 겁니다."

동산이 다시 물었다.

"돌아가신 뒤에 홀연히 어떤 사람이 스님의 참모습을 찾는다면 어떻게 대꾸할까요."

운암 선사가 잠시 침묵하고 나서 말했다.

"그저 이것뿐이라네."

동산이 잠시 머뭇거리자 운암 선사가 갑자기 큰 소리로 말했다.

"양개 화상! 이 깨치는 일은 정말 자세히 살펴야 하네."

순간 동산은 운암 선사의 한 마디에 사로잡혀 버렸다. 오로지 그 한 마디만 생각하며 개울물을 건너다가 자신의 그림자를 보고 크게 깨달았다. 과수게가 절로 터져 나왔다.

남에게 찾는 일 절대 조심할지니
자기와는 점점 더 아득해질 뿐이네
내 이제 홀로 가나니
가는 곳마다 그분을 뵈오리
그는 지금 바로 나이지만
나는 지금 그가 아니라네
모름지기 이렇게 알아야만
여여如如에 계합하리라.

물에 비친 그림자를 보고 자성自性을 본 동산인데, 우리나라 진각국사의 게송을 떠올리게 한다. 중국 선가에 '조동농부 임제장군'이란 말이 있듯 동산의 가풍은 차분하고 소박하다. 내가 좋아하는 진각국사의 게송이 하나 있는데, 국사는 동산 선사보다 감수성이 더 풍부한 분이 아니었을까 싶다.

못 가에 홀로 앉았다가
못 아래서 중 하나를 만난다
묵묵히 웃으며 서로를 바라보나니

동산 선사가 개울물에 비친 자기 그림자를 보고 깨친 개울물 위에 누각 형태의 다리(봉거교)가 세워졌다.

말 걸어도 대답하지 않을 걸 나는 안다네.

봉거교에 중국인 남녀 몇 명이 함께 사진을 찍고 있다. 동산사가 이 평시의 관광지가 돼가고 있는 느낌이 든다. 계곡이 크지는 않지만 아기자기한 아취가 있는 풍광이다. 산세도 동산의 가풍을 닮은 것 같아 가는 산길이 정겹다.

동산 스님의 휘는 양개良价이며 저장성 소흥 출신으로 속성은 유兪씨로 알려져 있다. 스님은 8세에 동진 출가하여 2년 동안 행자로 지냈다고 한다. 그때 스승이 시키는 대로 〈반야심경〉을 외다가 '무안이비설신'이라는 구절에서 문득 얼굴을 만지며 스승에게 물었다.

"저에게는 눈 귀 코 혀 등이 있는데, 〈반야심경〉에서는 왜 없다고 합니까."

이에 스승은 즉시 오설산五洩山으로 가 영묵 선사에게 머리를 깎으라고 권유했다. 그리하여 스님은 오설산에서 삭발하고 머문 뒤, 21세에 숭산 비구계단으로 가 구족계를 받고 남방으로 만행을 떠났다.

어느 날 스님 동산은 남전사에 주석하고 있는 남전 선사를 참방하게 되었는데, 마침 선사의 스승인 마조 대사의 제삿날이었으므로 대중 스님들이 재齋를 준비하고 있었다. 그때 남전 선사가 대중에게 묻고 있었다.

"내일이 마조 스님 제삿날인데 스님께서 오시겠느냐 오시지 않겠느냐."

대중이 아무도 나서 말하지 못하자 동산이 대답했다.

"도반이 있다면 오실지 모릅니다."

"이놈이 후학이긴 하지만 가르쳐볼 만하군."

"스님께서는 양민을 눌러 천민을 만들지 마십시오."

훗날 이와 같은 법거량은 마조제일馬祖祭日이라는 공안이 된다.

동산이 다음으로 참방한 스님은 위산 선사였다. 동산은 방장실로 가 예를 갖추어 인사를 한 뒤 위산 선사에게 물었다.

"지난번 소문을 들으니 남양 혜충 국사께서는 무정도 설법을 한다는 말씀을 하셨다고 합니다. 저는 그 깊은 뜻을 알지 못하겠습니다."

"위산 선사가 말했다.

"그대는 그 이야기를 기억하고 있는가."

"기억합니다."

"그럼 한 가지만 이야기해 보게."

"어떤 스님이 '무엇이 옛 부처의 마음입니까' 하고 묻자 '담벼락의 기와 부스러기다.'라고 말했습니다. 그러자 어떤 스님이 다시 물었습니다.

'담벼락과 기와 부스러기는 무정이지 않습니까.'

'그렇지.'

'그런데도 설법을 한다는 말입니까.'

'그대 스스로 듣지 못할 뿐이지. 그러니 듣는 이들에게 방해가 돼서는 안 되네.'

'어떤 사람이 듣는지 잘 모르겠습니다.'

'모든 성인이 듣지.'

'스님께서는 듣는지요.'

'나는 듣지 못하지.'

'스님께서 듣지 못하면서 어떻게 무정이 설법하는 줄 안다는 것입

니까.'

'내가 듣는다면 모든 성인과 같아져서 그대가 나의 설법을 듣지 못할 거네.'

혜충 국사는 그 스님과 몇 번 얘기를 나눈 뒤, 〈화엄경〉의 '세계가 말을 하고 중생이 말을 하고 삼세 일체가 말을 한다.'라는 부처 말씀을 예로 들었다. '삼세 일체가 말을 한다.'란 두말할 것도 없이 생명이 있는 유정有情과 나무와 돌멩이 같은 무정이 다 설법을 한다는 뜻이었다.

동산이 혜충 국사에게 들었던 얘기를 마치고 위산 선사에게 물었다.

"저는 알지 못하겠습니다. 스님께서 가르쳐 주십시오."

이에 위산 선사가 불자拂子를 일으켜 세우며 말했다.

"알겠느냐!"

"모르겠습니다. 스님께서 가르쳐 주십시오."

"부모가 낳아주신 이 입으로는 끝내 그대에게 설명해 줄 수 없다네."

결국, 동산은 위산 선사를 하직하고 운암 선사를 찾아가게 된다. 운암은 풍릉 유현의 동굴에 머물고 있었으므로 동산이 그곳으로 갔던 것이다. 원래 운암은 경을 두루 공부한 학인이었는데, 동굴에 들어 무정의 설법을 들으며 정진하는 도인이 분명했다. 동산이 무정의 설법은 어느 경전의 가르침에 해당하는 것이냐고 묻자, 운암 선사가 〈아미타경〉의 '물과 새와 나무숲이 모두 부처님을 생각하고 법을 생각한다.'라는 부처님 말씀을 얘기했다. 순간 동산은 견처見處가 열렸고 그 감흥을 게송으로 읊조렸다.

'정말 신통하구나 정말 신통해

무정의 설법은 불가사의하다네

동산 선사가 심었다는 나한송.

조동종 개창조인 동산 양개 선사가 가르침을 크게 편 보리선사(동산사).

귀로 들으면 끝내 알기 어렵고

눈으로 들어야만 알 수 있으니.'

이후 동산은 운암 선사를 더 시봉하다가 하직하고 개울물을 건너는 도중에 무심코 자기 그림자를 보고 대오했던 것이다. 다시 말하자면 자기 그림자가 설법하는, 불가사의한 무정의 설법을 귀가 아닌 눈으로 들었던 것이다.

개울가로 난 산길을 조금 더 올라가니 솥단지 형상의 분지가 나타나고 오른편에 보리 선사菩提禪寺가 보인다. 동산 선사가 개창할 때는 광복사廣福寺였다. 북송 때 보리선사로 개칭했다고 한다. 그러나 우리 순례 일행에게는 조동조정 동산사가 더 자연스럽다. 산문 입구에 동산 선사가 심었다는 나한송羅漢松 한 그루가 눈길을 끈다. 작달막한 나무인데, 동산 선사가 심을 때에 지었다는 게송 한 수가 안내문에 소개되어 있다.

길이가 고작 삼척 남짓

향기로운 풀에 덮여 있네

어느 시대 사람인지 알 수 없지만

이 나한송을 볼 수 있을 걸세.

長長三尺餘 郁郁覆芳草 不知何代人 得見此松老

동산 선사의 간절한 마음이 전해지는 게송이다. 나한송의 무정설법을 들을 수 있는 뒷사람을 기다리며 심는다는 서원의 게송이 아닐까 싶다. 천년 나한송의 무정설법을 듣기보다는 사진 한 장으로 나한송을 담으려는 내 심사가 문득 허허로워진다.

어머니를 그리워하다 도를 이룬 동산 양개 선사 묘탑.

죽음을 애석히 여기며 슬퍼한들 무슨 이익이 있으랴

동산사 2

동산사가 자리한 산자락을 가깝게 보니 마치 고향집같이 포근하다. 산길을 걸어올라 가빠진 숨을 고를 만한 곳이 바로 현재 보리 선사菩提禪師로 불리는 동산사다. 여름에는 시원하고 겨울에는 따뜻할 것 같은 산자락의 길지吉地다. 아취형의 산문 벽에도 산세를 드러내는 두 줄의 주련이 쓰여 있다.

동산을 드리운 안개구름은 한겨울을 따뜻하게 감싸주고
산에서는 서늘한 바람이 일어 한여름을 시원하게 해주네
洞中雲鎖三冬暖
山澗風生九夏寒.

동산 선사의 가풍을 드러낸 주련이 아닌가 싶기도 하다. 어느 날 한 학인이 동산을 찾아와 다음과 같은 선문답을 하고 있는 것이다. 공안집

〈벽암록〉 43칙에 나오는 동산무한서洞山無寒署이다. 우리말로 풀자면 '동산의 추위도 더위도 없는 곳'이다.

"몹시 덥거나 추울 때, 어떻게 해야 그런 더위와 추위를 피할 수 있습니까."

동산에게 부질없이 묻는 것 같지만 그렇지 않다. 도道란 구체적인 일상 속에 있지 관념의 허상이 아니다. 학인의 물음은 도(불법)를 묻고 있는 것으로 봐야 한다.

"더위도 추위도 없는 곳으로 가면 되지 않겠느냐."

"그럼 어떤 곳이 더위도 추위도 없는 곳입니까."

"더울 때는 그대 자신이 더위가 되고, 추울 때도 그대 자신이 추위가 되라!"

더위도 추위도 없는 곳이란 본래성품을 가르킨다. 그리고 그 곳에 가는 방법은 덥고 춥고를 간택하지 않고 그대로 하나가 되는 것이라는 가르침이다.

산문을 조금 지나니 천왕문이 나타난다. 천왕문 벽에도 조동종의 종지인 오위군신五位君臣이라는 선어禪語가 쓰어 있다. 오위란 본체와 현상이 하나가 되는 다섯 단계를 말하고, 군신이란 왕과 신하의 자리가 바뀌더라도 흔들림이 없는 절대자유, 즉 체용일여의 경지라고 한다. 오위군신은 편정회호偏正回互라고도 하는데, 편과 정은 현상과 본체이고 회호란 열린 관계를 의미한다고 한다.

너무 철학적이고 사변적이어서 머리가 무겁다. 더 자세한 뜻을 알고자 하는 분들이 있다면 〈선학사전〉을 펼쳐보라고 하고 싶다. 이런 조동종 종지보다는 동산 선사의 어머니 얘기가 나는 더 끌린다. 황벽 선사의 어

연화대 위에 선 채 그대로 비상할 것 같은 날렵하고 아름다운 법당의 나한상.

현재 대규모 불사로 없어질지도 모르는 곰삭은 대웅보전.

머니도 마찬가지다. 두 분 선사의 어머니를 보면 그분들이야말로 선지식
이라는 생각이 든다. '신은 어디에나 있을 수 없어서 어머니를 만들었다.'
라는 유태인 격언도 있다. 걸출한 두 선사 뒤에는 어머니의 숨은 자리가
분명히 있는 것이다.

모母와 자子가 불법으로 회호回互한 사연이 너무나 눈물겹다. 그 회호
한 사연도 두 선사의 가풍만큼이나 다르다. 황벽 선사는 찾아온 어머니를
내쫓아 도를 드러내고, 동산 선사는 어머니를 잊지 못하고 그리워하며 부
처가 되겠다는 약속을 지킨다.

황벽 선사가 황벽산에서 수많은 대중을 거느리고 살 때였다. 어느 날
한 노파가 황벽 선사를 찾는다고 한 대중 스님이 전했다. 선사는 한눈에

노모라는 것을 알면서도 외면했다.

"저 늙은이에게 물 한 모금, 쌀 한 톨도 주지 말고 절에서 내보내거라."

절에서 쫓겨난 노모는 고향으로 돌아가지 못하고 걸인이 되었다. 그러나 노모는 얼마 지나지 않아 배고프고 병이 들어 대의강 강변에 이르러 죽고 말았다. 그날 밤 황벽 선사는 꿈에서 노모를 만났다. 선사가 노모를 인정사정없이 내쫓은 것은 세속의 정을 끊고 도의 길로 인도하기 방편이었던 바, 과연 노모는 천상에 태어나 있었다.

"내가 스님에게 물 한 모금 쌀 한 톨이라도 얻어먹었다면 다생으로 내려온 모자의 정을 끊지 못하고 지옥에 떨어졌을 것입니다. 그러나 스님이 나를 내쫓았을 때 모자의 정이 다 끊어져 도의 길을 본 공덕으로 죽어 천상에 태어났으니 스님의 은혜가 한량없습니다."

일설에는 황벽 선사의 노모가 절에서 쫓겨나고 나서 선사가 너무 그리운 나머지 눈이 멀게 되어 대의강 나루터 오두막에 살게 되었는데, 노모는 선사를 만나려고 오가는 스님들의 발을 씻겨주었다고 한다. 어린 시절 사고가 나 한쪽 발가락이 없는 선사를 만나기 위해서였다. 그러던 어느 날 선사는 몰라볼 정도로 변해버린 노모를 만나 발을 씻게 되었지만, 자신을 감추고 만다. 노모가 한쪽 발을 내밀어 달라고 하는 순간 노모임을 알아채고는 종기가 나 씻을 수 없다고 하며 일어서버렸던 것이다. 얼마 뒤 노모는 동네 사람들에 의해 선사가 왔다가 갔음을 알게 되어 크게 낙담하여 죽게 되고 선사가 찾아가 화장을 해주었다는 또 다른 이야기다. 어쨌든 이 이야기 속에도 엄혹하고 준열한 황벽 선사의 가풍이 다 드러나 있지 않나 싶다.

그렇다고 인정사정없는 수행자가 도인이란 말은 아닐 터이다. 선어록에 기록으로 나와 있지 않지만, 그 행간을 짐작해본다면 아무리 매몰찬 황벽 선사라 해도 꿈에서 노모를 만나고 나서는 '어머니, 고맙습니다.' 하고 합장하며 눈물을 흘리지 않았을까. 감정을 다스리지 못한 눈물이 아니라 감정에 매이지 않는 그런 눈물을 흘렸을 터이다.

반면에, 동산 선사는 어머니를 대하는 태도가 봄바람처럼 부드럽다. 또한, 어머니의 기도와 눈물은 동산 선사를 위대한 선승으로 이끈다. 동산 선사가 어머니에게 보내는 편지는 학인들이 강원에서 배우는 〈치문〉에도 나온다. 선사가 20세 전후에 부모님과 하직하고자 띄운 편지다.

〈…경에서는 '자식 하나가 출가하면 9족이 하늘에 태어난다.'라고 하였습니다. 저 양개는 맹세코 이생의 몸과 목숨이 다하도록 집에 돌아가지 않고, 영겁 티끌몸(根塵) 그대로 반야 지혜를 활짝 깨치려 합니다. 바라옵건대, 부모님께서는 기쁜 마음으로 허락하시어 속으로 자꾸만 생각지 마시고 거룩한 정반왕과 마야부인을 본받으소서. 뒷날 부처님 회상에서 만나기를 기약하고 오늘 이 자리에서 우선 헤어지고자 합니다.

저 양개는 부모봉양 못했다는 5역죄를 꺼리는 것이 아니라 시간이 사람을 기다려주지 않음을 생각할 뿐입니다. 그러므로 '이 몸을 금생에서 구제하지 못한다면 또다시 몇 생을 기다려 구제할 것인가.'라고 하였습니다. 바라옵건대, 부모님께서는 저를 잊어주소서….〉

마음은 이미 불문에 들어와 있으면서도 어머니에게 마음을 돌리라는 동산 선사의 효심이 내 영혼을 적시는 것 같다. 선사는 10년 후 다시 오매불망 자신을 기다릴 것 같은 어머니가 걱정되어 편지를 띄운다.

〈…어머니께서는 마음을 거둬들여 도를 바라보고 생각을 다 잡아 공空으로 돌리소서. 이별의 마음을 머물려 두지 마시고 문에 기대 기다리지 마소서.

집안일이란 인연을 따르는 것이어서 갈수록 늘어나 나날이 번뇌만 더해갈 것입니다. 그러나 사랑하는 형님은 힘써 효도하여 얼음 속에서 고기를 얻어낼 것이며, 아우는 힘을 다해 모셔서 서리 속에서 죽순이 나오라고 울 것입니다.

보통 사람은 세상에 살면서 자기를 닦고 효도를 하여 본성(天心)에 합하고, 이 사문은 불법문중에서 도를 바라보고 참선하여 어머님의 은혜를 갚을 것입니다….〉

마침내 노모가 오랫동안의 기다림을 접고 선사의 뜻대로 정진하여 부처가 되기를 바란다는 답서를 보내기에 이른다.

〈…자식은 어미를 버릴 마음이 있으나, 어미는 자식을 버릴 뜻이 없습니다. 스님이 일단 다른 곳으로 떠난 뒤에는 밤낮으로 항상 슬픈 눈물을 흘리게 되었으니 너무도 괴로운 일이었습니다. 그러나 스님이 집에 돌아오지 않겠다고 맹세했으니, 스님 뜻대로 하기를 허락하겠습니다.

나는 다만 스님이 목련존자처럼 되어서 나를 구제하여 윤회에서 해탈케 하고 나아가 부처 되기만을 바랄 뿐입니다. 만일 그렇게 되지 못한다면 무거운 죄를 짓는 것이니 깊이 새겨듣도록 하십시오.〉

강원의 학인들이 동산 선사의 편지를 읽는 동안에는 누구라도 예외 없이 어머니를 생각하면서 눈가에 뜨거운 물기가 번질 것 같다. 훗날 동산 선사가 되고 목련존자가 되기를 갈망하지 않을까 싶다.

방장실 안을 기웃거리는데, 조인중광祖印重光이란 선어가 보인다. 조사의 심인이 거듭 빛난다는 뜻이리라. 문득 나는 '그 빛이 어디서 왔을까'

하고 상념에 잠긴다. 캄캄한 방에 불을 켜는 것이 화두라고 한 말도 떠오른다. 동산 선사 묘탑은 절 바로 뒤편에 있다. 둥그런 형태의 묘탑 보호각에는 개산시조 양개 선사 혜각보탑開山始祖良价禪師慧覺寶塔이라고 쓰여 있다. 혜각은 황실에서 내린 법호이리라.

순례 일행은 묘탑 앞에서 향을 사르고 나서 잠깐 고개를 숙이고 합장한다. 동산 산사께서 입적 무렵에 하신 법문이 가슴을 친다. 산사께서 '조사열반이란 이런 것이다' 하고 보인 뒤 입적에 드신 것이다. 〈동산록〉 중에서 가장 감동적인 부분이 바로 천화遷化 편이 아닐까 싶다. 그대로 옮겨본다.

〈이윽고 머리 깎고 목욕시키고 옷을 입히라 명하고는 종을 울려 대중과 하직하더니, 엄연하게 앉아서 천화하셨다. 그때 대중들이 울부짖고 통곡하며 한참을 지나도 그치질 않자 선사가 홀연히 눈을 뜨고 대중에게 말씀하셨다.

"출가인이라면 마음을 사물에 붙이지 않아야만 진실한 수행인이다. 삶을 수고롭게 하고 죽음을 애석히 여기며 슬퍼한들 무슨 이익이 있으랴."

다시 일을 주관하는 원주에게 우치재愚痴齋를 준비하라 하셨다. 대중들이 그래도 연연해 하자 7일간 연장하셨다. 음식과 도구가 갖추어지자 선사는 대중을 따르다가 재가 다하자 이윽고 말씀하셨다.

"절집이 무사하려면 대체로 떠날 때 시끄럽게 요동하지 말아야 한다."

이윽고 방장실로 돌아가 단정히 앉아서 영영 떠나시니 그날은 함통咸通 10년(869) 3월이었다. 세수 63세 법랍 42세 시호는 오본悟本, 탑은 혜각이라 이름하였다.〉

보호각 안의 묘탑 정면에 탑을 세운 제자들의 이름들이 보인다. 사법제자嗣法弟子 21명이 열거돼 있다. 그런데 본적本寂, 광인匡仁, 보만普滿, 도출道出, 거둔居遁, 성계成啓 뒤에 7번째로 신라출신의 구법승 금장金藏이 보인다. 동산 선사의 걸출한 제자들 가운데 당당하게 한 자리 차지하고 있음이 예사롭지 않다. 다만, 행적을 알 수 없는 것이 아쉽다. 〈경덕전등록〉 권17에 이름만 올려놓고 있을 뿐 별다른 기록이 없다. 그래도 묘탑에 이름이 올라와 있는 것을 보면 대단한 선승이었음이 확실하다. 이번에는 금장 선사의 영혼을 부르며 고개를 숙인다.

선종 최대 종파인 양기파의 발상지 보통사의 퇴락한 산문. 호리병 모양의 산세 중에 은산철벽 같은 앞산.

동아시아 선종사를 석권한 임제종 양기파의 산실인 양기산 보통사(양기사).

부처님들이 그대들 발꿈치 아래서 법륜을 굴리신다

양기사 1

양기 방회 선사

핑시앙시萍鄕市에서 40km 남짓 되는 거리에 양기사가 있다고 하는데, 도로 사정으로 보아 또다시 고생 좀 할 것 같다. 양기사楊岐寺로 가는 순례 일행의 표정은 사뭇 진지하다. 특히 수불 스님은 감개무량한 표정을 한동안 떨치지 못한다.

"양기 스님이 안 계셨더라면 오늘 우리가 어떻게 있겠습니까."

한국 조계종의 신도인 순례 일행 모두가 양기사의 개법시조인 양기 방회楊岐方會 선사의 후손이라는 말씀이다. 실제로 임제종 양기파의 개산조인 양기 방회 선사는 중국 선종사는 물론이고 동아시아 선종사를 석권한 특출한 선걸禪傑이다.

육조 혜능대사 이후 위앙, 임제, 조동, 운문, 법안종 등 5개 선종 종파는 송대에 이르러 임제종과 조동종만 남게 되는데, 임제종은 다시 석상초원 선사 문하에서 양기파와 황룡파로 나뉜다. 이를 5가 7종五家七宗이라 부르는 것이고, 황룡파는 황룡 혜남 선사(1002-1069)부터 허암 회창 선사까지 200여 년 동안 이어지다가 소멸하고 만다. 결국, 양기파만 남아 임제종의 법통을 잇는데, 양기종은 송, 원, 명, 청대까지 가장 융성한 종파가 되어 천하에 법을 떨치게 됐던 것이다.

양기 방회 선사의 법손法孫으로는 〈벽암록〉의 저자 원오 극근 선사가 4세손이고, 간화선을 제창한 대혜 종고 선사가 5세손이고, 원대의 고봉 원묘 선사가 11세손이고, 〈산방야화〉의 저자 중봉 명본 선사가 12세손이다. 우리나라는 양기 방회 선사의 12세손인 석옥 청공 선사(1272-1352)로부터 태고 보우국사가 법맥을 받아와 오늘의 조계종에 이르는 것이다.

양기산 양기사 가는 길도 첩첩산중이다. 양기산 이름부터가 심산유곡임을 드러내고 있다. 춘추전국시대의 사상가인 양자(일명 楊朱)가 지금 가고 있는 산중으로 들어섰다가 길을 잃고 기로岐路에서 헤맸다고 해서 양기산이 됐다고 한다. 당시에는 일세를 풍미하는 선사들이 걸어서 드나들었을 터. 그러니 순례 일행을 태운 버스가 당나귀처럼 뛴다고 해서 불평할 일은 아닌 것 같다. 수불 스님의 당부에 순례 일행 모두가 중국의 불편한 도로 사정을 재발심과 하심의 기회로 삼는다.

"조사 선사들이 정진했던 당송시대만 선의 황금기가 아니지요. 선의 정보와 지식이 넘쳐나고, 선사禪寺를 편안하게 찾아 참배할 수 있는 지금의 시대도 선의 황금기라고 생각해요. 사정이 이러한데도 공부를 게을리한다면 그 당시 공부하지 못해서 지옥에 간 분들보다 더한 지옥에 가서 고통을 받을 겁니다."

고색창연한 철향로 뒤로 보이는 퇴락한 건물에 유난히 반짝이는 보통사 편액이 순례자의 마음을 애잔하게 한다.

방회 선사는 강서성 의춘 출신으로 속성은 냉氷씨였다고 알려지고 있다. 어린 시절에 풍자를 잘하였고 연극을 좋아했다고 한다. 선사는 20세가 되어 세금을 매기는 일의 우두머리가 되었다가 서주瑞州, 강서성 구봉사에 갔다가 고향에 온 것 같은 편안한 마음이 들어 집으로 돌아오지 않고 담주 도오산에서 머리를 깎고 스님이 되었다. 그는 자명 초원(석상 초원) 선사를 따라 남원사로 갔다.

방회는 남원사에서 자명 스님을 9년간 시봉하면서 '착십마급着什麼 急'이라는 선문답을 통해 크게 깨달았다. 착십마급을 우리말로 풀자면 '어찌 그리 서두르는가' 정도일 터이다. 감사監寺 일을 보던 방회가 자명 선사에게 매번 물을 때마다 돌아오는 대답은 '어찌 그리 서두르느냐.'였던 것이다.

"불법이란 어떤 것입니까."

"창고일(庫司事)이 번거로우니 가보게."

"불법이 어떤 것입니까."

"감사는 훗날 자손이 천하에 퍼질 것인데 어찌 그리 서두르는가."

매번 질문할 때마다 '어찌 그리 서두르느냐.'란 말만 들어온 방회는 자신이 공부한 바를 점검받고 싶은데 마음은 점점 칠통처럼 캄캄하고 답답했다. 방회는 비가 부슬부슬 내리는 어느 날 몽둥이를 들고 작심했다. 자명 선사가 다니는 길목에 숨어 있다가 선사를 진흙탕 길에 넘어뜨리고 올라타고서는 말했다.

"오늘은 나에게 꼭 말씀하시오. 말씀하지 않으면 몽둥이로 때리겠소!"

그래도 자명 선사는 당황하지 않고 침착하게 말했다.

"감사도 이 일을 알겠지. 그만두게."

방회는 이 한 마디에 홀연히 깨달았다. 이 일이란 일대사一大事를 뜻했다. 방회는 바로 진흙길에 엎드려 절을 했다. 수불 스님은 이 선화의 배경에 대해서 행간의 숨은 사연까지 짚어가며 선해禪解를 해주신다.

"양기 방회 스님에 대해서 말씀을 올리겠습니다. 속가에 있을 때 20세에 세리稅吏가 되었다고 하면 마을에서 굉장히 똑똑한 사람이었지 않나 생각됩니다. 스님은 석상 초원 선사, 자명 선사라고도 부릅니다. 지금 우리가 가는 보통사, 그러니까 양기사 가까운 곳에 남원사라고 있답니다. 거기에서 감사 소임을 보며 자명 선사를 9년 동안 모셨다고 그럽니다. 자명 선사가 양기 스님보다 다섯 살 많아요. 다섯 살밖에 차이가 안 나니까 사형사제 정도라고 할 수 있지요. 자명 스님 문하의 황룡 혜남 스님은 자명 선사보다 열다섯 살 적었고요.

비가 좀 오는 저녁에 자명 선사가 절 아래 마을을 갔다가 돌아오는 길이었답니다. 무슨 이유인지 모르지만, 스님이 9년간 자명 선사를 모시고 살면서 감사일을 맡았다고 그래요. 공부에 대한 어떤 깊은 신심이 있었기 때문에 늘 의심했던 것 같아요. 그런데도 불구하고 자명 선사는 스님한테 가르쳐주지 않았지요.

이 부분에서 선어록의 행간을 잘 봐야 합니다. 사실은 자명 선사가 늘 가르쳐주었는데 스님이 알지 못한 것이지요. 그날 저녁에는 스님이 몽둥이를 들고서 '오늘 내가 기어이 공부를 해봐야겠다!' 하고 길목을 지키고 있다가 갑자기 들이닥쳐 자명 스님을 자빠뜨렸어요. 자명 선사를 올라타고서 '이르지 않으면 이 몽둥이로 후려치겠소!' 하는 식으로 소리쳤어요. 그래도 자명 선사는 여유가 있는 분이라 마음대로 때리라는 표정으로 '감사도 이 일을 알고 있지 않은가.'라고 태연하게 말했고, 스님은 이 한 마디에 크게 깨달았다고 그래요.

깨달은 뒤에는 올라탔던 처지에서 재빨리 벗어나 젖은 땅바닥에 오체투지를 하면서 깨달음에 이르게 한 자명 스님의 인내에 크게 감사드렸다는 얘깁니다. 법을 물으면 '감사는 뭘 그렇게 급한가.'라고 대꾸하면서 '감사는 앞으로 많은 사람이 뒤에 줄을 설 텐데.' 하는 식의 소리만 한 것은 방기 스님을 더욱 분발하게 하려고 한 것입니다. 공부인의 마음을 최대로 극한 상황까지 몰아부치는 것이 임제종의 선풍입니다. 그래서 스님이 극한 상황에서 사제간에 있을 수 없는 일을 저질렀는데 시절 인연이 도래해 크게 눈 뜰 수 있게 된 것이지요."

자명 선사와 방회 선사의 두서너 마디 선문답을 행간 속의 의미까지 낱낱이 보여주는 수불 스님의 법문에 순례자 일행 모두가 이해하는 눈치다. 합장하며 미소를 짓는다. 수행도 아는 만큼 행복감을 느낀다고 봐야 한다. 행복감이 없는 무미건조한 수행은 지향해야 한다. 전망을 제시하지 못하는 고통스러운 수행은 최악일 것이다. 그리고 보니 안국선원 신도들의 중국 선찰 순례는 독특한 정진이다. 고요한 선방 울타리를 벗어난 살아 있는 정진이다.

방회는 깨치고 나서 자명 선사에게 물었다.
"좁은 외나무다리에서 만나면 어찌해야 합니까."
"물러서 있거라. 나는 간다."

법에 집착하는 법집을 경계하면서 더 큰 공부의 인연을 지어가라는 의미일 것이다. 또 그 무렵에 이런 일도 있었다. 자명 선사는 공양을 마치고는 반드시 산행을 하였는데, 대중들이 도를 물으려고 해도 대부분 있는 곳을 몰랐다. 방회는 자명 선사가 간 곳이 멀지 않음을 알고 북을 치고 대중을 모으니 자명 선사가 급히 돌아와 꾸짖었다.

"총림에서는 해가 저물고 나서는 법좌에 오르는 일이 거의 없는데 무엇에 의거해서 이런 규범을 만들었느냐."

"예전에 분양 선소 선사(자명 스님의 스승)께서 이렇게 한 적이 있습니다. 어째서 규범이 아니라고 하십니까."

이후 방회는 자명 선사가 홍화사興化寺로 옮기자 작별하고 물러나 구봉으로 돌아왔는데 도속들이 몰려와 머물러 주기를 간청했다. 그때 구봉 근勤장로가 방회를 모르고 말했다.

"방회 감사도 또한 선을 하는가."

방회는 잠시 침묵하고 나서 모인 대중들에게 말했다.

"다시 질문할 자가 있는가. 나와 보거라. 오늘 나의 이름은 너희들 모든 사람의 손안에 있으니 가로로 끌고 가든지 세로로 끌고 가든지 완전히 맡겨 두노라. 어떻게 하겠느냐. 이와 같이 대장부는 반드시 대중들과 만나서 결택해야 하며, 땅속의 물에서 조롱박을 만지는 것과 같이 해서는 안 된다. 대중과 만나서 간파하고자 시험해 보았는가. 만약 하지 않았다면 내가 손해를 본 것이다."

마침내 방회 선사는 양기사 주지로 부임하여 개당설법을 하였다. 설법이 끝나고 한 스님이 물었다.

"무엇이 양기산의 경계입니까."

"외로운 소나무는 바위 가에서 우뚝하고 원숭이는 산에서 내려가면서 운다."

양기사에 관심과 애정이 많은 수불 스님께서 전설이 서린 측백나무 아래에서 법문을 하고 있다.

"무엇이 그 경계 속에 있는 사람입니까."

"가난한 집 여자는 대바구니를 들고 가고 목동은 피리를 불면서 물을 향해 돌아간다."

방회 선사는 계속해서 말했다.

"안개는 허공으로 사라지고 바람은 큰 들판에서 일어나니

온갖 풀이며 나무가 큰 사자후를 내어서 마하대반야를 연설하고

삼세 모든 부처님이 그대들 발꿈치 아래서 법륜을 굴린다.

알아들었다면 공을 헛들이지 않았겠지만 몰랐다면 양기산의 산세가 험하다 말하지 마라."

나는 이 설법이 주지 진산식 때 한 설법인지, 아니면 그 뒤에 한 설

법인지 확인할 수는 없었지만 보는 순간 '이 설법은 그대로 시詩다!'라는 법열을 받았다. 논리를 뛰어넘어 인간 내면을 노래하는 초현실주의 시가 벌써 천 년 전 양기산에 읊어졌다는 사실에 매우 놀랐다. 시詩란 말씀 언言과 절 사寺 자의 계합이라는 것을 새삼 절감하지 않을 수 없었다.

이윽고 순례 일행을 태운 버스가 양기사 밑에서 멈춘다. 수불 스님께서 양기산 수도봉壽挑峰을 바라보며 산길을 밟으시더니 한마디 하신다.

"호리병 모양의 외통수 형세로 보입니다. 사방이 막히어 한 번 들어왔다 하면 죽어서 나가든지, 살아서 나가려면 새처럼 훨훨 날아가든지, 가마 타고 떠밀려 나가지 않으면 빠져나갈 수 없는 무문관 같은 곳입니다. 이렇게 험한 곳에 깨달음을 위해 들어와 죽기를 각오하고 수행했을 양기파 옛 선사들의 치열했던 모습을 생각하니 지금 우리는 너무 쉽고 편하게 공부하고 있어 부끄럽기 짝이 없습니다. 그러나 오기를 참 잘했다는 생각이 듭니다."

스님은 산길 초입에서 퇴락한 양기사 전각들을 보더니 눈물이 날 것 같다며 가사 장삼을 수하신다.

청대 말기에 중수한 이후 퇴락할 대로 퇴락한 법당에 서서 상념에 잠긴 수불 스님.

찬바람에 낙엽이 시들한데
옛 친구 돌아오니 기쁘구나!

양기사 2

순례자 일행은 어둑한 대웅보전에 들어 〈반야심경〉을 독송하고 경내를 돌아본다. 양기사는 우리가 부르는 이름이고 경내에는 보통선사普通禪寺라는 편액이 붙어 있다. 보통사의 처음 이름은 광리선사廣利禪寺였고, 당보唐寶 12년(753)에 승광乘廣 선사가 개창했다고 한다. 뒤에 견숙甄叔 선사가 법을 이어받아 당나라 대력大歷 연간(776-779)에 새로 법당을 개설하니 대중이 모이고 규모가 커졌으며, 송나라 경력慶歷 연간(1041-1048)에 방회 선사가 사찰 이름을 보통사라고 개명하였는데, 차츰 선사의 법이 천하에 드러나자 선사가 말년에 장사 운개산 해회사海會寺로 법좌를 옮겼을 때는 찾아와 머문 비구, 비구니만도 수백 명에 달했다고 전해진다.

청대 말의 건물로 보이는 조당에는 달마 대사 좌우로 자명 선사(석상

초원)과 방회 선사의 초상이 모셔져 있다. 수불 스님이 방회 선사를 한동
안 보시더니 말씀하신다.

"여기 오니 예전에 한 번 살던 도량인 것 같습니다. 뒷산 앞산 꽉 막
혀 물이 빠져나가는 개울이 없는 곳으로 꼼짝 못하게 하는 이곳의 지형
이 낯익습니다. 우리 집에 온 것 같아 활기가 느껴집니다. 그리고 저 방회
스님을 보세요. 얼굴이 조금 특이한 형상입니다. 이마가 많이 벗겨졌고
수염이 난 모습이 그래요. 누가 보지도 않을 거니까 수염 깎을 필요가 없
었겠지요. 이런 산중에 누가 들어오겠습니까. 선방 스님네들이 몇 분 들
어와 살 수 있는 곳이지 많은 대중이 살기에는 좀 아니라는 느낌이 들어
요. 그렇지만, 기운이 일당백으로 살 수 있는 도량인 것 같습니다."

방회 선사의 원만한 상相을 보니 과연 바다와 같은 넓이와 산과 같은
기상이 느껴진다. 방회 선사의 어록 서문을 쓴 문정文政 선사의 평을 다시
한 번 새겨본다.

'마조 대사가 강서 땅 늑담사에 살면서 문도 84명을 배출하였다. 그
가운데 두각을 나타낸 이로서 오직 백장 회해 스님 한 분이 대기大機를
얻고, 회해 스님이 배출한 황벽 희운 스님이 대용大用을 얻었을 뿐, 그 나
머지는 남의 말이나 따라 읊어대는 사람들이었다. 방회 스님은 처음 원주
땅 양기산에 살다가 뒤에 장사 땅 운개산雲開山에 머물렀는데, 당시에 말
하기를 회해 스님은 대기를 얻었고 희운 스님은 대용을 얻었지만 둘 다
얻은 자는 방회 스님뿐일 것이다, 라고 하였다.'

방회 선사의 수법제자인 백운 수단 스님의 요청으로 쓴 서문이니 사
실적이고, 당시 식자들 사이에 도는 평을 그대로 옮겼다 해도 과언이 아

닐 것이다. 백장 선사의 대기와 황벽 선사의 대용을 다 얻은 분이라고 하니 얼마나 위대한 선사인지 나도 새삼 고개가 숙여진다.

수불 스님은 양기사 대중을 만날 때마다 각별하게 대한다. 특히 종무소에서 지객 스님 안내로 방장 스님을 뵙고는 좋아하신다. 그러나 방장 스님은 누군가가 사진을 찍으려고 하자 손사래를 친다. 의사를 분명히 전하는 것을 보니 기개가 있어 보인다. 옷차림도 두타행을 하는 선승답게 겨울이 지나갔는데도 두꺼운 솜옷을 그대로 입고 있다. 잠시 반갑게 서로의 얼굴을 보았던 것이 법거량이라면 법거량이다. 수불 스님이 오랜 도반을 만난 것처럼 바싹 가까이 다가앉으려 하자 노스님이 일어서 나가버린다. 그래도 수불 스님은 짧은 만남을 아쉬워할 뿐 미소를 짓는다.

"짧은 만남이지만 인연은 인연이라는 생각이 듭니다. 옛날 스님이라고 느껴져서 좋아요. 여신도들이 들어오는 것을 막고 사진 같은 것을 찍지 못하게 하는 태도를 보니 당당함이 엿보여 싫지 않습니다. 지객이 상좌 스님인 모양인데 노스님이 원래 괴팍하다고 그래요."

보통사 소개 책자를 보니 혜통慧通 노화상이다. 책자에 나온 노화상의 이력을 그대로 옮겨본다.

〈1927년 하북 탁록涿鹿에서 출생하여 1943년 출가했다. 1944년 강소 보화산에서 구족계를 받았고, 뒤에 북경 미륵원의 진공眞空 노화상을 시봉했다. 광제사의 원영圓瑛 법사에게 〈능엄경〉을 듣고, 양주 고민사高旻寺 내과來果 노선사를 시봉했고, 오대산 능해能海 상사上師에게 〈사분율〉을 배웠다. 18세에 금산선당金山禪堂에 들어갔고, 뒤에 운거산으로 들어가 허운 노화상을 모셨다.

노화상은 1959년 허운 선사가 입적하자 유지에 따라 일성一誠 노화

현대 중국불교의 중흥조 허운 대사의 4대 제자 중 한 분인 혜광 방장 스님.

상 등 4명이 운거산을 지켰다. 10년 동안의 문화혁명 기간에도 하산하지 않고 어렵게 선좌禪坐했고, 이후 노화상은 조사가 남긴 선당의 혜명향慧命香을 유지하기 위해 전국 각지의 크고 작은 총림선당과 운거 진여사를 진흥시켰고 서안의 와룡선당에서 종풍을 크게 진작시켰다. 노화상은 현재 선전深圳의 홍복사, 푸젠의 지제산 화엄사의 좌원 화상座元和尚이자, 광둥 광효사와 남화사, 운문사와 대웅사 단하산 별전사, 장시 운거산 진여 선사와 창안 보봉 선사, 시안 와룡사, 허난 숭산 소림사, 산시 오대산 현통사, 벽산사와 보화사, 저장 아육왕사의 수좌 화상首座和尚이다. 2010년 2월, 노화상은 보통사의 조사를 향해 예를 드리며 조정이 쇠락한 것을 보고 눈물을 흘렸다. 지방정부와 단월檀越 거사는 노화상에게 더는 시기를 놓치지 말고 다시 조정을 회복시킬 것을 청했다. 이에 노화상이 흔쾌하게 승낙하여 마침내 조정이 중건되고 승려들이 불법을 잇게 되었다.〉

18세 이전에는 경을 두루 보았고, 이후에는 평생 참선을 한 전형적인 선승이다. 굳이 노화상이 거쳐 온 절들을 다 소개한 까닭은 평생 운수납자로 정진한 스님의 이력이 경이로워서이다. 시절 인연이 참으로 묘하다. 오전에 '보통사 중흥 계획'에 따라 개토식 즉 첫 삽을 뜬 모양이다. 노화상이 괴팍한 줄만 알았는데 쇠락한 양기사를 참배하고 눈물을 금치 못했다고 하는 얘기를 듣고 보니 가슴속에 봄바람을 숨기고 사는 선승 같다. 수불 스님이 즉석에서 시주를 하고 다음날 또 다른 일정을 취소하고 양기사로 가 거금을 시주했다.

"선당을 짓겠다고 개토식을 하는 날 왔다 가는 것이 좋은 인연 같습니다. 인연이 있어서 이곳에 결국 왔다는 생각이 들고, 여러분도 여기를 밟은 인연으로 신심이 조금 더 거듭나지 않겠나 하는 생각도 듭니다."

지객 스님이 예물로 죽비를 하나 들고 나온다. 우리 것처럼 대나무로 만든 죽비가 아니라 밥주걱처럼 생긴 중국식 죽비다. 죽비에 경책警策이라고 쓰여 있다. 수불 스님이 죽비를 받아들고 환하게 웃으신다. 마치 천 년 전에 양기사 선당에서 죽비를 든 수좌 스님 같다.

경내 오른편에는 당백唐柏이라는 고목이 된 측백나무 한 그루가 있다. 한 가지가 처져 땅에 닿을 듯하다. 선객이 오체투지를 하는 모습이다. 견숙 선사가 양기사에 도착했을 때 심은 나무라고 한다. 그런 까닭에 도재백到栽柏이라고도 부른단다. 견숙 선사가 입적할 때 이 측백나무를 소재로 게송을 읊조렸는데 다음과 같다.

나뭇가지가 땅에 닿으면
나는 마땅히 다시 돌아온다.
樹枝垂地 我當重來

대웅보전 벽에는 당나라 때 만든 비碑가 두 개나 박혀 있다. 우리 경우는 밖에 비를 세우는데 중국은 다르다. 벽에 박힌 비를 여러 고찰에서 본 것이다. 법당 벽 왼쪽은 당 원화 2년(807)에 문장가 유우석이 글을 짓고 쓴 개산조 〈승광 선사비〉이고, 오른쪽 벽은 왕관이 당 태화 6년(832)에 지은 〈견숙 선사비〉다. 그러고 보니 절 왼쪽에 조성된 두 기의 묘탑들은 승광 선사와 견숙 선사가 주인공일 것 같다. 지객 스님에게 물어보니 방회 선사 묘탑은 선사가 입적한 운개산 해회사에 있다고 하며 양기사 복원 불사가 끝나면 이운할 것이라고 한다.

승광 선사와 견숙 선사의 묘탑이 규모가 큰 것은 당시 그분들의 위치를 상징하는 것 같다. 실제로 개창조인 승광 선사는 남종을 중국 선종의 정통으로 자리 잡게 한 하택 신회(670-762)의 법제자라고 한다. 이곳에서 승광 선사와 견숙 선사가 각각 40년씩 주석하고 난 뒤 방회 선사가 입산하여 양기종을 열었던 것을 보면 그분들의 공덕도 적지 않은 듯하다. 그러나 방회 선사가 왔을 때는 이미 선당이나 법당이 허물어져 있었던 것 같다.

방회 선사의 상당 법문을 보면 고즈넉한 절의 분위기가 느껴진다. 대중도 십여 명 정도인 듯하고 선사의 설법은 게송 한 수를 읊조리듯 짧다.

박복하게도 양기산에 머문 뒤
해마다 기력이 쇠약해 간다
찬바람에 낙엽은 시들한데
그래도 옛 친구 돌아오니 기쁘구나
랄랄라
불 꺼진 나무토막 끄집어내
연기 나지 않는 불에다 던진다.

이것이 방회 스님의 상당법문이다. 출가 전 붓과 먹을 싫어하였다는데 어찌 이런 절창을 읊조리는지 알 수가 없다. 부처님의 〈법구경〉도 시이고, 방회 선사의 상당법문도 시다.

가을비가 가을 숲을 씻으니
가을 숲이 온통 비취빛이구나
슬프다. 부대사傅大士여

请勿乱敲法器
平安吉祥如意

법당에서 양기 선사 등 조사님들께 지심귀명례하시는 안국선원 신도회장 무량심 보살님.

견숙 선사의 열반송에 등장하는 수령 1,750년이 된 측백나무.

어느 곳에서 미륵을 찾느냐.

성철 큰 스님이 팔공산 성전암에 계실 때 늘 암송하던 게송도 다음과 같은 방회 선사의 상당법문이었다. 선사의 상당법문은 돌아가신 이원섭 시인이 깨달음의 노래로 소개한 바 있다.

양기산 임시거처 지붕과 벽 엉성하니
방바닥 가득 뿌려진 눈의 구슬!
그러나 목 움츠리어 가만히 찬탄하며
생각노니, 나무 밑에 거처하신 옛 어른 일.
楊岐乍住屋壁疎 滿床盡撒雪珍珠

縮却頂暗嗟噓 飜憶古人樹下居

나무 아래서 두타 정진하신 부처님을 생각하면 비록 지붕과 벽이 허물어진 방이라도 고마워해야 하고, 방바닥에 뿌려진 흰 눈을 오히려 영롱한 진주로 봐야 한다는 가난한 선승의 법도를 설하고 있다. 내가 사는 산방도 한겨울에 눈보라가 몰아칠 때면 툇마루에 눈이 가득 쌓이는데, 투명한 외로움에 진저리치면서도 그것을 보는 기쁨이란! 눈을 보석으로 본 방회 선사의 마음을 조금은 들여다본 것 같다.

마조 선사가 열반한 보봉사에서는 지금도 재가불자들이 법복을 입고 예불을 한다.

유리창 사이로 들어오는 햇살을 받아 신심이 더 돋보이는 보봉사 불자들의 예불 모습.

평상의 이 마음이 바로 도道다

보봉사 1

마조 도일 선사

산문인 패방 중앙에 마조도량馬祖道場이란 금색 글씨가 순례자 일행을 반기는 것 같다. 남악 형산 마경대에서 출발한 순례가 마침내 눈부신 회향의 계단에 오른 느낌이다. 마조 대사가 깨달음을 얻은 복엄사 마경대에서 1차 순례를 시작하여 몇 달 만에 다시 중국 땅을 밟은 2차 순례의 대단원에서 마조 대사가 열반했던 보봉사寶峰寺에 와 있기 때문이다.

산문 양 벽에는 즉심시불, 비심비불이란 법어法語가 오석에 새겨져 있다. 즉심시불의 공안에 얽힌 낯익은 선화 하나가 떠오른다. 마조 대사의 제자인 대매 법상의 선화다. 대매 스님은 후베이성 양양현 사람으로 저장성 명주에서 살았는데, 형주 옥천사로 출가하여 득도했다고 한다. 이후 대매 스님은 수많은 경전을 본 뒤 경론을 강의하는 유명한 강사가 되었으나 스스로의 위화감에 깊이 번민하다가 드디어 도를 찾아 만행에 나

섰고 마조 선사를 참방하게 되었다고 한다. 마조 대사를 만난 대매의 첫
물음은 이것이었다.

"부처란 무엇입니까."
"그대의 마음이 바로 그것이다!"
대매가 당돌하게 다시 물었다.
"그것은 어떻게 체득합니까."
"빈틈없이 지켜나가야 한다."
경론에 해박한 대매는 주저하지 않고 또 물었다.
"법이란 무엇입니까."
"그대의 마음이 또한 그것이다!"
"달마의 의도는 무엇이었습니까."
"그대의 마음이 바로 그것이지."
"그럼 달마에게는 아무런 의도도 없었다는 말입니까."
비로소 대매는 크게 깨닫게 된다. 더 물을 게 없어졌다. 대매는 석장
을 짚어가며 구름이 걸려 있는 대매산을 올라갔다. 그런 뒤 두 번 다시 세
상에 나오지 않았다. 뒷날 염관 화상의 법문을 듣기 위해 모인 대중 가운
데 한 스님이 주장자로 쓸 나무를 찾아 대매산을 올랐다가 길을 잃게 되
었는데, 마침 그 스님이 풀옷을 입은 산사람을 만났다. 꽁지머리를 한 그
산사람은 너와 지붕의 오두막에 살고 있었다. 이야기하던 중에 그 산사람
이 말했다.

"나도 마조 스님을 뵌 적이 있소."
이에 길을 잃은 스님이 물었다.

"여기서 얼마나 사셨습니까."

"몇 년이나 됐을까, 사방의 산이 푸르렀다가 노래지고, 다시 푸르렀다가 노래지는 것만을 보았소. 이럭저럭 한 30년은 됐을 거요."

"마조 대사 회상에서 무엇을 깨달으셨습니까."

"마음이 곧 부처(卽心是佛)!"

길을 잃은 스님이 길을 묻자, 대매는 골짜기의 물을 따라가라고 가르쳐 주었다. 무사히 돌아온 그 스님이 염관에게 전후 사정을 다 고했다. 그러자 염관이 말했다.

"내 기억으로는 강서에 있을 때 어떤 중이 마조 스님께 불법과 조사의 뜻을 물은 적이 있었지. 그때 마조 스님께서 '자네의 마음이 바로 그것이다.'라고 대답해 주셨는데, 그 후 30여 년 동안 그 중의 행방을 아는 이는 아무도 없었어. 아마도 그 중일 것이야."

그런 뒤 염관은 대중 가운데서 몇 사람을 불러놓고 그를 찾아가 만나게 되면 '마조 스님은 요즘은 비심비불非心非佛이라고 말씀하신다,'라고 전해 달라고 부탁했다. 이윽고 대중 스님들이 대매를 찾아가 염관이 일러준 대로 말했다. 그러자 대매가 말했다.

"설령 비심비불이라 해도 나는 즉심시불일 뿐이네."

이야기를 전해 들은 염관이 탄복하여 말했다.

"서산의 매실이 잘 익었군! 너희는 이제 그리로 가서 마음대로 따먹는 것이 좋겠다."

이런 연유로 하여 대매를 찾는 대중이 이삼 년도 안 되어 수백 명에 이르렀다는 것이 즉심시불 비심비불에 얽힌 선화다.

대웅보전 앞뜰에 분홍빛 박태기꽃이 환하게 불을 켜고 있다. 내 산방의 박태기꽃은 아직도 꽃눈이 감겨 있는데, 보봉사가 자리한 징안靖安현 보봉향 석문산은 봄꽃들이 만개해 있다. 자목련은 꽃봉오리가 부풀어 있고, 새들의 혓바닥 같은 금목서 은목서 새잎들은 만화방창이다. 어느 자리이건 봄은 우리 마음에도 물기가 돌게 하여 신심의 새싹을 돋게 한다.

보봉사도 상전桑田이 벽해碧海로 바뀐 고사를 떠올리게 한다. 중창 불사가 계속해서 이루어져 절의 규모가 놀랄 정도로 달라진 모양이다. 수불 스님이 옛 보봉사를 떠올리며 회상에 잠긴다.

"90년대 초쯤에 보봉사를 처음 들른 것 같습니다. 한 십오 년 이상 흐른 것 같네요. 참배하러 온 그때가 여름이었을 겁니다. 퇴락한 절 경내에 참배객들이 몇 분 있더군요. 마을 집들이 바로 절 앞에 있었지요. 현재의 대웅보전이나 새로운 요사들은 하나도 없었어요. 허물어진 마조 스님 탑만 하나 남아 있었어요. 참배하고자 여기를 다섯 번짼가 여섯 번째 들르는데, 중국이 지금 천지개벽 하는 것처럼 이곳 마조 스님 회상도 변화가 많아요. 불학원이 개원되어 많은 스님이 모이고, 중국스님네들 나름대로 자존심을 지키고 있으니까 고마운 생각이 듭니다."

그러면서 장시성江西省 깐강(贛江 감강)일대가 마조 스님의 주요 무대라고 밝힌다. 그뿐만 아니라 회양 선사 회상에서 깨달은 마조 대사가 그곳을 떠나 장시성 난창南昌(옛 홍주)과 그 언저리에서 교화를 폈듯 후난의 석두 희천 제자들도 고안 땅을 거쳐 자연스럽게 난창을 오갔으리라고 말씀한다. 그렇다면 순례자 일행도 석두와 마조 문하의 양쪽 선승들이 머물던 선풍禪風이 깃든 땅에 와 있는 셈이다.

"마조 스님이 열반지로 택한 이곳도 선종사적 입장에서 가장 의미

대웅보전 앞뜰에 분홍빛 불을 환하게 켜고 있는 박태기꽃.

마조 선사 사리탑 앞에서 안국선원 순례자들이 야단법석을 펴고 수불 스님의 법문을 듣고 있다.

있는 곳 중의 하나지요. 여기 지세도 보통이 아닌 것 같습니다. 굉장히 평이하지만, 한국의 어떤 지형을 닮은 것 같아요. 산 이름이 석문산, 돌 석자 문 문자가 붙은 것을 보면 어디에 석문이 있는 산 같기도 한데 그런 구조물이 보이지 않으니 왜 석문산인가 하는 호기심이 듭니다. 그러나 절 이름으로 보면 보배 보자에 봉우리 봉자가 붙어 있습니다. 마조 스님 뒤를 이어 주지를 사신 늑담 스님의 법호도 보봉입니다. 그 당시에 이미 절 뒤의 산봉우리를 보봉이라고 했던 것 같습니다."

법당에 들러 참배를 하고 나온 순례자 일행은 곧바로 대웅보전 뒤편에 자리한 마조 대사의 사리탑으로 향한다. 사리탑 뒤편은 활기가 왕성한 왕대나무 숲이다. 순례자 일행이 마조 대사 사리탑 앞에서 선 채로 참배하자마자 왕대나무 숲에서 바람이 선들선들 불어온다. 그런가 하면 새들은 새들대로 이국의 낯선 손님들에게 노래를 들려준다. 문득 잡념이 사라진 머릿속으로 시상詩想이 청량한 대나무 바람처럼 스친다.

대숲을 나는 새는
순례자 위해 무정 설법으로 맞이하고
스님은 입이 없는 마조 대사 앞에 서서
두 눈 끔벅하며 법거량하네.

수불 스님이 참배를 마친 순례자 일행을 위해 또 야단법석을 펴신다. 간단한 마조 대사의 행장에 이어 '평상심이 도다(平常心是道)'라는 대사의 가풍을 덧붙인다.

"성이 마씨인 도일스님께서는 저 쓰촨성四川省 스팡시什邡市에서 709

년에 태어나 어린 나이에 그곳의 나한사로 출가하셨답니다. 처음에는 정중종淨衆宗[1]에서 출발해 788년 79세로 여기 보봉사에서 열반에 드신 것 같습니다. 이곳으로 열반 터를 미리 정하고 한 1년여 주석하시다가 열반에 드신 것이지요.

마조 스님은 생김새가 특이한 모습이었다고 해요. 우행호시牛行虎視, 소처럼 느리게 걷고 눈빛은 호랑이처럼 예리하였고 긴 혀는 코를 덮었다고 합니다. 그리고 두 발바닥에는 윤상(輪相: 바퀴무늬)이 있었다고 그래요. 예사롭지 않은 모습이지요.

마조 스님이 서른다섯 살쯤에 처음으로 개당한 곳은 푸젠성福建省 지안양建陽의 불적령佛跡嶺이라 해요. 이후 장시성江西省 남쪽 깐저우贛州의 공공산龔公山 보화사寶華寺로 가서 교화를 편 뒤 난창南昌의 개원사에 주석하시다가 이곳으로 오셨지요. 공공산에는 지금도 서당 지장 화상의 탑이 있어요. 마조 스님이 난창 개원사로 가신 것은 지방의 최고관리가 초빙했던 때문이지요.

스님은 수많은 도인을 길러 냈지요. 일설에는 팔십구 명을 깨닫게 했다고도 하는 데 그뿐이겠습니까. 백서른아홉 명이라는 설도 있지요. 제 생각으로는 그보다 더 많은 분을 깨닫게 해준 것 같아요. 남을 깨닫게 해줄 수 있는 실력을 지닌 분이었으니까요.

---

1 신라 성덕왕의 셋째 왕자였던 정중무상(淨衆無相, 684~762)선사가 창립한 종파. 그는 중국 쓰촨四川으로 들어가 자주資州의 덕순사德純寺 처적處寂에게서 출가한 뒤 법을 받는다. 이후 남종南宗·북종北宗 어디에도 속하지 않는 독특한 정중종을 펼친다. 종밀宗密의 『원각경대소초』에 의하면 마조는 본래 남악 이전에 김화상(金和尙: 무상)의 제자였다. 무상은 후일 중국 5백나한 중 455번째 조사祖師에 오를 정도로 숭앙 받았다.

강서를 중국선의 중심으로 만든 마조 선사는 열반을 준비할 곳으로 보봉사를 택했다.

마조 스님은 늘 '평상심이 도다.'라고 했지요. 그런데 그 말씀에는 가시가 박혀 있다고 봐요. 보통사람들이 자기 안목으로 '평상심이 도다.'를 이해하여 소화하려고 한다면 목구멍에 얹히거나 걸려서 당할 수가 있어요. '평상심이 도다.'를 잘 소화할 힘만 있다면 공부를 마친 거지요. 소화를 못 하니까 정신 나간 짓을 하게 되는 겁니다."

수불 스님은 평상심이란 '일상의 마음'이 아니라 한 생각 일으키기 전의 '본래 마음', 언어도단言語道斷의 마음이라고 한다. 마조 스님은 상당 법문에서 다음과 같이 설하고 있다.

'도는 닦아 익힐 필요가 없다. 오직 더러움에 물들지만 않으면 된다. 더러움에 물든다는 것은 무슨 말인가. 나고 죽는다는 생각을 염두에 두고 일부러 별난 짓을 벌이는 것을 바로 더러움에 물든다고 하는 것이다. 단번에 도를 이루고 싶은 생각이 있는가. 평상의 이 마음이 바로 도다!

평상의 이 마음이란 어떤 마음인가. 그것은 일부러 짐짓 꾸미지 않고, 이러니저러니 가치 판단을 하지 않으며, 마음에 드는 것만을 좋아하지도 않고, 단견상견斷見常見을 버리며, 평범하다느니 성스럽다느니 하는 생각과 멀리 떨어져 있는 그런 마음을 가리킨다.'

이어서 마조 스님은 도라고 하는 것은 법계法界를 이르는 말이라고 설한다. 강가의 모래가 그다운 구실을 하는 것도 또한 법계를 따로 벗어나 있지 않기 때문이라고 설하고 있다. 금모래 은모래가 제자리에서 아름답게 반짝이는 것도 법계의 일이라는 말씀이다. 그렇다. 법계를 자꾸 벗어나려고 헛걸음질하는 허망한 존재가 있다면 그게 바로 나 같은 중생이 아닐까 싶다.

경내를 비질하는 보봉사 대중 스님

"이제 그대의 끝없는 무명번뇌는 멀리 날아가 버렸네!"

보봉사 2

2차 순례 길에서 야단법석 때마다 수불 스님 좌우에서 자리를 지켜 온 두 분 도반 스님을 소개할 때가 온 것 같다. 한 분은 철오 스님인데 가끔 수불 스님의 안경알을 정성스럽게 닦아주는 모습에서 스님의 진심이 드러나는 것 같아 인상적이었고, 또 한 분은 하루를 접고 숙소에 들었을 때 어김없이 따뜻한 차를 우리는 모습에서 도반 간의 우정을 느끼게 했던 법일 스님이다.

마조 대사 사리탑에서 전해지는 기운을 받아서인지 수불 스님은 신바람 나게 법문을 하신다. 앞뒤 자르고 아무 곳을 들어도 법문의 핵심이 그곳에 들어 있다. 선지禪旨를 체득하고 설하기 때문에 회통하고 있지 않나 싶다.

여전히 새소리는 귀를 맑히고 왕대나무 숲의 바람은 눈을 시원하게 씻는다. 법석의 자리가 더없이 상쾌하다. 순례자 일행 모두 법문을 듣는 것만으로도 행복한 표정을 짓고 있다.

"마조 스님께서 이쪽을 거닐면서 많은 말씀을 남겼고 돌아가실 즈음에 일면불 월면불 하는 얘기도 이쪽 장소에서 하셨던 게 아닌가 싶습니다."

〈마조록〉에 나오는 '일면불 월면불'의 공안은 이렇다. 당 정원 4년 정월에 마조 대사가 석문산에 올라 숲 속을 거닐다가 허물어진 동굴을 보고서는 시자에게 말했다.

"다음 달 나의 육신이 땅으로 돌아갈 것이다."

마조 대사는 산에서 돌아와 곧 몸져누웠다. 원주가 와서 물었다.

"스님, 요즘 어떠하십니까."

이에 마조 대사가 말했다.

"일면불(日面佛)! 월면불(月面佛)!"

일면불 월면불의 근거는 보리유지菩提流支가 번역한 〈불설불명경佛說佛名經〉 제7권에, '또 한 부처가 있는데, 이름은 승성勝聲이라고 한다. 승성불의 수명은 백억 세에 이른다. 승선 세존을 지나면 다시 한 부처가 나타나는데, 그 이름은 월면이다. 월면불의 수명은 하룻낮 하룻밤이다. 월면 세존을 뒤로하고 나아가면 다시 또 한 부처를 만나게 되는데, 일면이라는 이름을 가진 부처이다. 일면불의 수명은 천팔백 세에 이른다.'라고 나온다.

이를 참고로 '사람의 수명은 여러 가지다.' 정도로 이해됐으나 마조 대사가 왜 하필이면 일면불 월면불을 말씀하셨는지는 정확하게 알 수 없다는 것이 정설이다. 내 나름대로 허물을 지어보자면 마조 대사의 가풍인 '평삼심이 도다.'를 또 다르게 말씀하신 것이 아닐까 짐작해 볼 뿐이다. 수불 스님의 선해禪解를 들어보니 더 분명해진다.

"마조 스님이 열반할 날을 예고하고 아파서 누워 계시는 중에 원주가 안부를 묻습니다. 큰스님 건강이 걱정되었겠지요. 이때 '일면불 월면불' 하고 답하시는데, 여기서 일면불은 수명이 오랜 부처님이니까 본래성품을 가리키고, 월면불은 수명이 짧은 부처님이니까 육신을 가르킨다고 봅니다. 결국, 내가 몸이 아프지만 아픈 몸만 보지 말고 영원한 본래성품을 함께 보라는 중도의 가르침이고 스님께서 그런 중도의 평상심에 계심을 말씀하신 거지요.

마조 스님의 유적지에 와서 한때를 보낸다는 사실이 어찌 보면 무겁기도 해요. '평상심이 도다.'라는 마조 스님의 가풍을 우리가 잘 써야 하는데 스님께 미안한 마음이 드는 것도 사실입니다. 마조 스님은 한두 마디 말로도 사람들을 깨닫게 해주었고, 발길질로도 깨닫게 해주었는데 말입니다."

마조 대사의 발길질에 그 자리에서 깨달음을 얻은 수로水老화상의 선화다. 수로가 마조 대사를 친견하고 난 뒤 물었다.

"조사가 서쪽에서 온 뜻이 무엇입니까."

마조 대사가 말했다.

"절부터 하라."

이에 수로가 절을 하려고 하는데 마조 대사가 느닷없이 발길질로 걷어찼다. 순간 수로는 문득 깨달았다. 수로는 법열에 겨워 손뼉을 치며 앙천대소仰天大笑했다. 그러면서 자신도 모르게 중얼거렸다.

'참 멋지구나! 멋져! 백천의 삼매三昧, 일체의 묘의妙義, 이 모두가 오로지 한 터럭 끝에 있어, 문득 그 근본을 뚜렷이 깨달을진저.'

수로는 마조 대사에게 절하고 물러나 대중에게 고했다.

"대사님께 한 번 차이고 나니 이렇게 웃음이 한이 없습니다."

수로 화상에 대해서는 홍주에서 살았고 마조 대사의 제자로 알려졌을 뿐 생몰 연대는 미상이라고 한다. 아무튼, 이 공안에서 묻는 사람에게 인정사정없이 치고 밀치는 임제의 가풍이 마조 대사로부터 비롯되었음이 느껴지는 선화다.

마조 대사는 한마디 말로써도 많은 수행자들을 깨닫게 했으니 다음과 같은 선화도 선가에 많이 알려졌다. 마조 대사는 지안양의 불적령에서 잠시 머물다가 무주(장시성 임천현)의 서리산으로 옮겨 갔는데 그 무렵에 사냥꾼이었던 석공 혜장石鞏慧藏을 만났다고 전해진다. 〈마조록〉은 혜장이 마조 대사를 만나 제자가 되는 장면을 다음과 전하고 있다.

어느 날 혜장은 한 떼의 사슴을 쫓다가 마조 대사가 주석하고 있는 암자에 이르게 되었다. 마침 혜장은 밖에 나와 있던 마조 대사와 마주쳤다. 그때 혜장이 물었다.

"혹시 사슴이 지나가는 것을 보지 못했습니까."

"그대는 무엇을 하는 사람인가."

"사냥꾼입니다."

"화살을 잘 쏘겠구먼."

"예."

"화살 한 대로 몇 마리씩 잡는가."

"한 마리요."

"신통치 않군."

"스님은 잘 쏘십니까."

"암, 잘 쏘지."

"한 번에 몇 마리씩 잡습니까."

"한 번에 떼거리 전부를 잡지."

정작 이 말의 속뜻은 한 번에 짐승을 잡는다는 말이 아니라 대중의 마음을 단번에 꿰뚫어 굴복시킬 수 있다는 뜻이 아니었을까. "이도 저도 다 생명이 있는 것들인데 한 떼씩 잡아도 되는 겁니까."

"그러한 것을 알면서 왜 그대 자신(무명번뇌)은 잡지 않는가."

"저 자신(무명번뇌)을 잡으려 해도 어떻게 손을 쓸 수가 없습니다."

"이 사람아, 이제 그대의 끝없는 무명번뇌는 멀리 날아가 버렸네!"

혜장은 그 자리에서 화살을 꺾어 버렸다. 그리고는 스스로 머리를 깎고 마조 대사 밑으로 출가했다.

20세 때 대중 스님들에게 〈열반경〉을 강의할 정도로 경에 밝았던 분주 무업汾州無業 선사도 마조 대사를 친견하고 난 뒤 대사의 한 마디에 비로소 깨닫게 된다. 〈마조록〉을 요약해 옮겨본다.

무업이 마조 대사를 참방했다. 그의 풍채는 당당했고 목소리는 종소리같이 우렁찼다. 마조 대사가 무업에게 말했다.

"당당한 불당佛堂 안에 부처가 없군."

그러자 무업이 무릎을 꿇어 절을 하고 말했다.

"삼승三乘에 대한 공부는 대강 해 마쳤습니다. 그런데 선문에서는 즉심시불이라 한다는 얘기는 전부터 들어 알고는 있습니다만 그것이 확실

평소 가장 존경하는 선사 중의 한 분인 마조 대사 사리탑에 삼배를 올리는 필자.

히 무슨 뜻인지는 아직 짐작도 못 하고 있습니다."

마조 대사가 말했다.

"아직 짐작도 못 하고 있는 그 마음이 바로 그것이다. 그밖에 별다른
것은 없다."

"달마 대사가 이 땅에 와서 비밀히 전한 심인心印이란 무엇을 말하는
것입니까."

"별 사소한 일에 신경을 다 쓰는군. 돌아가서 처음부터 다시 하게!"

이에 무업이 법당 밖으로 나가려 했다. 그때 마조 대사가 그를 불
렀다.

"여보게!"

무업이 고개를 돌렸다. 순간 마조 대사가 한 마디를 던졌다.

"이것이 무엇인가."

마조 대사의 이 한 마디에 무업은 홀연히 깨달았다. 무업이 큰절을
올리자 마조 대사가 볼멘소리로 말했다.

"이런 굼벵이 같으니라고! 절은 해서 어디에 쓰려는가."

이후 무업은 절도사 등이 귀의해 왔으나 명리를 피하여 깊은 산중으
로 들어가 머물었고 목사 동숙전董叔纏의 간청으로 개원사로 돌아와 20
여 년간 승속을 교화하였다고 한다. 그 사이에 현종의 부름을 두 번 받았
으나 모두 거절하였고, 목종이 즉위하여 다시 불렀으나 응하지 않고 입적
했다고 한다.

이 밖에도 많은 수행자를 깨닫게 한 마조 대사야말로 육조의 정신적
계승자라고 수불 스님은 평한다.

"일찍이 육조 혜능 대사가 회양에게 '인도의 반야다라般若多羅가 예

마조 선사 사리탑 앞에서 순례 일행은 합장하여 삼배하고 탑돌이로 선사의 위대한 정신을 기렸다.

언한바, 네 발아래서 망아지 한 마리가 나와 천하 사람들을 다 밟아 죽일 것이다.'라고 했어요. 마조 스님이 나와 천하 사람들을 깨닫게 할 것이라는 예언이지요. 이를 보면 당시 성행하던 도참설에 기대어 육조의 정신적 계승자가 마조 스님이 될 것이라고 암시하고 있다는 생각이 듭니다. 〈마조록〉을 강의한 지가 벌써 십몇 년은 된 것 같아요. 지금 다시 한다면 훨씬 더 충실해지지 않겠나 하는 생각도 듭니다."

그러면서 수불 스님은 〈육조단경〉과 〈마조록〉의 차이를 짚는다.

"〈마조록〉은 〈육조단경〉에 비해 변화가 극심해요. 〈육조단경〉에 나오지 않는 변화가 〈마조록〉에 보이는 것을 보면 〈마조록〉이야말로 선종 어록의 시작이 아닌가 하는 생각이 들어요. 〈마조록〉을 보면 몸과 몸이 부딪치는 역동적인 느낌이 듭니다. 육조 스님은 육신보살로서 아주 위엄 있게 부처님 법을 또 다른 차원에서 이해하고 많은 사람을 깨닫게 해주었다면, 마조 스님은 단도직입하는 입장에서 그냥 바로일러라 하는 식의 수단을 제시하곤 합니다. 그런 모습이 〈마조록〉 가운데 많이 나옵니다."

수불 스님이 마지막으로 〈마조록〉에 나오는 '고승이 된 마조 스님이 육십 세쯤에 고향 땅에 갔다가 한 노파에게 '대단한 스님이 오시나 했더니 겨우 키장이 마씨네 강아지로구먼.' 하는 소리를 듣는 일화를 들려주신다. 일화를 듣는 동안만큼은 마조 대사가 옛 조사가 아닌 이웃집 아저씨 같은 인간적인 느낌이 든다.

순례자 일행은 선 채로 마조 대사 사리탑을 향해 삼배한다. 언제 또 다시 올지 모른다는 아쉬움을 일행 모두가 탑돌이로 달랜다.

동산 선사의 제자인 운거 선사가 주석했고 근현대 중국선불교를 중흥시킨 허운 화상의 행화도량 진여사.

진여사의 점심 공양은 중국 전통을 체험하는 좋은 기회였다.

염불하는 이 누구인가

운거 도웅 선사

　　마조 대사의 원적 도량인 보봉사를 떠나 1시간 반 만에 묵조선 도량이었던 진여선사眞如禪寺에 다다른다. 먼 거리는 아니지만 구불구불한 산길을 버스가 느리게 서행을 한 탓이다. 산마루에 오르니 구름이 한 자락 하늘에 걸려 있다. 그래서 진여사의 첫 이름이 운거사雲居寺였던 것 같다. 〈운거사개산연기문〉에 따르면 도용道容 선사가 당 헌종 원화 3년(808)에 운거사를 창건한 것으로 돼 있다.

　　운거사는 다시 북송 때 진여선원으로 불리다가 문혁 이후 진여선사로 개명됐다고 한다. 현재는 진여사 혹은 운거사로 불리는데, 진여사도 선과 풍수가 결합한 사찰이라고 전해지고 있다. 풍수란 잘 알다시피 부처님 법과는 거리가 멀지만, 풍수지리가 유행하던 당시에는 절터를 정하는 데 중요한 조건이었던 것 같다. 사마두타는 선어록에 풍수의 달인으로 등장하는바 보봉사와 백장사, 밀인사 등의 절터도 그가 점지한 것으로 기록돼 있다. 그뿐만 아니라 사마두타는 도용 선사에게도 운거사 절터를 잡아주었다고 전해진다.

도용은 한때 운거산 남쪽 산록의 요전사에 머물고 있었는데 사마두타가 찾아와 도용에게 다음과 같이 말했던 것이다.

"제가 전세에 풍수지리를 배웠던바 스님을 위해 좋은 터를 잡아드리겠소. 여기서 십오 리를 더 들어가면 승지勝地가 될 만한 곳이 있소. 그곳은 예부터 다섯 신인神人이 상주했던 곳으로 대찰이 들어설 길지吉地지요. 스님이 그곳으로 가시어 선법을 크게 일으켜 주지 않겠소."

"그토록 찬탄하는 터이니 한번 가서 보겠소."

도용은 사마두타가 점지한 땅을 답사한 뒤 당 헌종 원하 3년에 운거사를 창건했고, 이후 동산 양개 선사의 제자 운거 도응이 운거사를 찾아와 902년에 입적할 때까지 30년간 주지를 살면서 제2 개산조가 된 것이다. 따라서 동산에서 발원한 조동종의 정맥도 조산 본적과 운거 도응에 의해 천하에 퍼지게 된다. 특히 운거 선사 문하에서 6년 동안 묵조선을 익힌 신라승 이엄은 고려 초에 귀국한 뒤 왕건의 스승이 되어 황해도 해주 수미산 광조사에 구산선문 중에 마지막으로 수미산문을 개창하는바 운거사는 우리나라와도 작지 않은 인연이 있다.

조주관趙州關 앞에서 하차한 순례 일행은 잠시 경건하게 옷깃을 가다듬고 나서 합장한다. 조주관은 진여사의 산문인 셈이다. 논밭 가운데 생긴 호수 너머로 멀리 진여사가 보인다. 운거 도응 선사가 조주 선사를 여기까지 배웅을 나왔다고 해서 조주관이라는 이름이 유래한 모양이다. 운

천왕보전과 요사채 사이에 넓은 마당이 있어 농사일을 정리하기에 맞춤이다.

거 선사의 나이를 감안하면 먼 거리의 배웅이다. 그만큼 운거 선사와 조주 선사가 의기투합한 바가 있었던 것 같다. 두 선사의 첫 만남이 〈조주록〉에 보인다.

조주가 운거산에 이르렀을 때 운거에게 말했다.
"연만하신 분이 어찌 머물 곳도 못 찾으십니까."
조주가 남전사를 60세에 떠나 20년 동안 천하를 만행하였으니 이때의 나이는 분명 60세가 넘었을 것 같다. 그래서 '연만하신 분'이라고 했을 것이다.

"어느 곳에 머물면 되겠소."

"앞쪽에 옛 절터가 있소."

"그럼 스님이나 머물도록 하시오."

운거 선사가 예전에 자신이 머물었던 곳을 기꺼이 내주려 하지만 조주 선사는 무슨 뜻에선지 거절하고 있다. 운거 선사가 조주 선사보다 나이가 조금 많았던 것일까. 조주가 운거를 사형으로 부르는 대목도 있다.

조주가 한 스님에게 물었다.

"어디서 왔느냐."

"운거산에서 왔습니다."

조주 선사와 운거 선사 문하의 스님들 간에 왕래가 있었던 것 같다. 장시성 운거산에서 허베이성河北省 석가장까지 걸어가려면 몇 개의 성을 거치는 몇천 리의 거리이므로 결코 쉬운 일은 아니었을 것이다. 그래도 왕래가 이루어진 것을 보면 조주 선사와 운거 선사가 서로의 내밀한 경지를 인정했다는 방증이 아닐까 싶다.

"운거 스님은 무슨 말씀으로 가르치더냐."

"어떤 스님이 묻기를 '영양이 뿔을 나무에 걸었을 때는 어떻습니까' 하자 운거 스님이 대답하시기를 '육육은 삼십육이다.'라고 하셨습니다."

"운거 사형이 아직도 계시는구나."

이번에는 그 스님이 물었다.

"스님의 높으신 뜻은 어떻습니까."

"구구는 팔십일이다."

이번에는 조주 선사가 운거 선사에게 한 스님을 보낸 선화다. 이 선화에 나오는 '마당을 쓴다'는 행위는 마음공부를 하는 데 있어서 잘못된 태도가 아니었을까. 본래 마음이란 쓸고 말고 할 것이 없는 데 말이다. 깨달음의 분상에서는 '마음을 쓴다'는 것은 마음을 더럽힌다는 행위가 되기 때문이다.

조주가 한 스님이 마당을 쓸고 있는 것을 보고 물었다.
"그렇게 쓸어낸다고 깨끗해지겠느냐."
"먼지(번뇌망상)를 쓸면 쓸수록 많아집니다."
"어찌 먼지를 털어버린 이가 없겠느냐."
"먼지를 털어버린 이 누구입니까."
"알겠느냐."
"모르겠습니다."
"운거 스님에게 가서 물어봐라."
그 스님이 관음원을 떠나 운거산에 머물고 있는 운거 스님에게 가서 물었다.
"누가 먼지를 털어버린 사람입니까."
이에 운거 스님이 날벼락을 내렸다.
"이 눈먼 놈아!"
산문 격인 조주관을 지나자 바로 호수가 하나 나타난다. 명월호明月湖 혹은 방생호放生湖라고도 부른단다. 호수 둘레의 논밭에서는 소들이 풀을 뜯고 있다. 아직 씨를 뿌리기 전의 한가한 전원풍경이다. 왼편 계곡으로 보이는 널따란 차밭만 푸르다. 그러나 풍광을 감상할 만큼 마음이 여유롭지 못하다.

순례 일행은 11시 30분에 시작하는 점심공양 시간 약속을 넘겼으므로 걸음을 빨리해 대웅보전으로 수불 스님을 뒤따라간다. 아무리 바빠도 부처님께 참배를 먼저 하는 것이 불제자의 도리다.

"아마도 이 절에 처음 온 것이 89년일 겁니다. 그때는 이렇게 크지 않고 스님들이 똥지게 지고 밭일하고 있었습니다. 고즈넉한 경내에 우리 일행만 왔다 갔다 했지요. 신도회장도 같이 오셨던 것으로 기억됩니다. 이곳 스님들이 선칠禪七 정진한다며 그런 수행에 자부심 같은 것을 갖고 있었던 거 같았습니다."

대웅보전에 들어가 참배를 하고 나니 12시다. 그런데도 공양간에서는 우리 일행을 맞이할 준비가 돼 있다. 주지 스님과 지객 스님이 공양을 준비하는 사미승과 행자들에게 이런저런 지시를 하는 것이다. 공양간 기둥에도 '염불시수念佛是誰'라는 화두가 붙어 있다. '염불하는 이 누구인가'라는 화두는 염불선의 핵심으로 중국 근세 선종의 중흥조인 허운 대사盧雲大師가 참구하여 견성했다는 유명한 화두다. 이 염불선의 전통은 마조 선사의 스승인 신라승 정중 무상 선사의 가르침을 계승한 것이라 한다.

공양을 일사불란하게 마치고 순례 일행은 백과수白果樹 그늘에 모인다. 백과수란 운거 도응 선사가 심었다는 은행나무다. 마당에는 멍석이 깔려 있고, 멍석에는 진여사 스님들이 직접 기르고 수확한 곡식의 낟알들이 널려 있다. 콩, 땅콩, 보리, 팥, 호두알, 홍미(빨간 쌀), 심지어 연꽃 씨까지 수확하는 모양이다. 이러한 곡식들도 이곳 스님들이 농선병행 한다는 증거다. 백장의 가풍을 이곳에서 또 보는 셈이다. 그리고 보니 조당

정갈하게 놓여 있는 발우가 인상적이었던 진여사 식당.

백장 선사의 농선병행의 가풍을 실천하고 있는 진여사 대중 스님들.

에서 운거 선사와 달마 대사 사이에 있는 백장 선사의 소상을 보았던 것도 같다.

"오래된 고목이 이렇게 절 한쪽에서 버티고 있으니 고찰이라는 모양새가 나오는 것 같습니다. 원오 극근 스님도 이곳에서 주석했어요. 역대 큰스님들이 열거하지 못할 정도로 이 진여사를 대부분 거쳐 갔지요. 얼마 떨어져 있지 않은 곳에 양자강이 있으니까 배에서 내려 먼 데가 아닌 이곳을 찾아왔던 거지요. 모르긴 해도 우리가 앉아 있는 이 백과수를 좋은 벗 삼아 역대 큰스님들도 대나무 의자에 떡 앉아서 깜박 졸기도 하고, 정진도 하고 그랬을 겁니다."

그러면서 수불 스님은 겨울철에 49일 동안 일주일 단위로 반복해서 참선 정진하는 진여사만의 용맹정진인 선칠禪七에 대해서 법문을 하신다.

"일주일마다 같은 화두를 들든 다른 화두를 들든 화두를 타파 못 하면 다시 처음으로 돌아가서 화두를 들고 정진하는 제도가 선칠 정진입니다. 일주일 동안 화두 타파를 목적으로 용맹정진하는데, 그것을 일곱 번 거푸 몰아가는 것이지요. 폭포를 거슬러 올라가는 잉어처럼 떨어지면 다시 모진 매질을 해서 올라가게끔 밀어붙이는 건데 일 년에 한두 차례 갖는 것 같아요. 수시로 가질 수도 있겠지만 어떤 선지식이 어떤 식으로 가르치느냐에 따라 변화가 있겠지요. 월암 스님도 한 번 들어와 선칠 정진을 했다 하고 외국인들도 간혹 체험한다고 그래요."

허운 화상 기념관을 가려면 백과수 왼쪽으로 난 문을 나가야 한다. 기념관으로 가는 도중에 선칠 선방의 후문과 몇천 평 넘게 조성된 차밭도 보인다. 진여사의 선다정신禪茶精神은 운거 선사 입적 후에 주지로 살았던, 소동파와 많은 일화를 남긴 불인 요원佛印了元(1032-1098)선사 때에 더욱 확실하게 정립된다. 불인 선사가 조주의 차맛(趙州茶味) 공안을 통해 운거산의 가풍으로 다음과 같이 표현하고 있는 것이다.

어느 날 한 스님이 불인 선사를 찾아와 물었다.

"운거산의 가풍은 무엇입니까."

"조주의 차맛(趙州茶味)이니라."

"조주의 차맛은 무엇입니까."

"차나 한 잔 들고 가게나."

허운 화상이 원적한 곳은 운문사인데, 진여사에 기념관을 건립한 까닭은 화상이 진여사에 주석하면서 선종오가의 맏형 격인 위앙종을 복원시켰기 때문인 것 같다. 후난성 상양 출신의 허운 화상이 17세에 출가하여 120세에 원적에 들기 전까지 화상이 세운 업적 가운데 가장 큰 것은 이미 소멸한 운문종과 위앙종을 복원시킨 것이라고 한다. 그러고 보면 선종오가 중에 아직 복원되지 않은 종파는 법안종뿐인 것 같다. 기념관을 나서는데 사진 한 장이 눈앞을 아른거린다. 90세의 허운 화상이 괭이를 들고 밭을 가는 흑백사진이다. 문득 백장 선사의 후신이 있다면 허운 화상이 아닐까 싶은 생각이 든다.

마조 선사가 주석하면서 승속을 불문하고 홍주종의 선풍을 날렸던 우민사.

18톤이나 되는 동불을 모신 동불전銅佛殿.

"강서의 선맥이 몽땅 동국으로 돌아가는구나!"

우민사

마조 도일 선사

　한낮의 햇살로 도도하게 흐르는 깐강(贛江 감강)이 고기 비늘처럼 반짝인다. 멀리 보이는 강가의 정자 주변이 홍인 대사가 제자 혜능을 떠나보냈던 나루터라고 한다. 장시성의 성도인 난창의 지명이 홍주洪州였던 당나라 때에는 깐강이 서강西江으로 불렸던 것 같다. 〈마조록〉에도 서강으로 나오고 있다. 순례 일행이 지금 가고자 하는 우민사佑民寺는 난창 시내 8.1공원 부근에 있고, 우리나라로 치자면 조계사와 같은 위상의 절이라고 한다. 절의 규모도 원래는 대단해서 산문에서 일주문까지 말을 타고 가는 기마관산문騎馬關山門이라는 별칭이 붙었다는 것이다.

　우민사가 처음 창건된 얘기는 설화로 전해지고 있다. 남조 양나라 예장왕의 왕자 갈심의 집 언저리의 우물에 사는 교룡蛟龍들이 서로 싸우므로 대불을 세웠는데 이후 진정이 된바, 갈심이 자신의 저택을 547년에 대

공양 시간을 알리는 용도로 쓰이는 목(어)판. 물고기 모양을 가장 단순하게 반달 모양으로 취한 것이 선의
정신과 맞닿아 있어 보인다.

불사로 바꾸었다는 것이 창건설화다. 교룡들은 갈심과 경쟁했던 정적들이었을 가능성이 큰데, 불심으로 위기를 돌파했던 것 같다. 당나라 때는 황실의 국찰國刹로서 개원사로 바뀌고, 송대에는 능인사, 명대에는 영녕사, 청대에는 우청사, 민국시대에 우민사로 개칭됐다고 한다.

우민사가 가장 융성했던 시기는 아마도 마조 대사가 주석하면서 강호의 선사들이 구름처럼 모여들 때였을 것이다. 그래서 우민사를 마조 대사의 행화 도량이라 하고, 마조선 즉 홍주종洪州宗을 개창한 도량이라고 부를 터이다.

그 옛날 홍주의 개원사 하면 가장 먼저 떠오르는 선화 두 가지가 있다. 하나는 마조 대사와 방거사의 선문답이고, 또 하나는 마조 대사의 손상좌인 황벽 선사와 배휴가 회랑에 붙은 고승의 초상화를 놓고 문답하는 선화이다. 황벽 선사와 배휴의 선화는 앞에서 한 번 얘기한 적이 있으므로 생략하고, 이번에는 마조 대사와 방거사의 선화를 다루고자 한다. 선화로 들어가기 전에 방거사가 어떤 인물인지 〈방거사어록〉의 서문을 참고해 보는 것이 좋을 성싶다.

'거사의 이름은 온蘊, 자는 도현道玄, 출신은 양양(후베이성湖北省 양양) 사람이다. 아버지는 형양 태수로 있었다. 거사는 형양 남쪽에서 한때 살다가, 그 집 서쪽에 암자를 지어서 불법을 닦은 지 수년 만에 가족 모두가 깨달음을 얻게 되었다. 현재의 오공암悟空庵이 그곳이다. 그 뒤에 암자 아래쪽에 있던 자기 집을 기증하여 절을 만들었다. 현재의 능인사能仁寺가 그것이다. 정원 년간(785-805)에 수많은 가보를 배에 싣고 동정의 상강으로 저어 나가서 강물 한가운데 집어던지고 말았다. 그로부터 마치 물 위에 떠내려가는 한낱 나뭇잎과도 같은 생애를 지녔다. 거사에게는 아내와 일남일녀가 있었고, 대나무 세공품을 만들어 팔아서 조석 끼니를 때워나갔다.'

방거사가 선문禪門에 든 계기는 단하丹霞와 같이 장안으로 과거를 보러 가는 도중에 한 행각승을 만나 그에게 "관직에 오르는 것이 불위佛位에 오르는 것만 못하다."라는 말을 듣고 나서였다고 한다. 그리하여 그는 홀로 불법을 공부하다가 석두 선사를 찾아가 다음과 같이 물었다고 전해진다.

"일체 존재와 무관한 사람은 누구입니까."

이에 석두 선사는 그의 입을 막았는데, 그 순간 그는 현묘한 선리를 터득했다고 한다. 이후 거사는 남악 형산을 떠나 서강이 흐르는 홍주의 마조 대사를 찾아가 또다시 똑같은 질문을 던졌던바, 이때의 문답이 마조서강馬祖西江이란 공안이 된다.

"일체 존재와 무관한 사람은 누구입니까."

"서강의 물을 한입에 다 마셔 버리면 그때 가르쳐 주지."

이때 방거사는 크게 깨닫고 오도송을 지었다.

시방이 다 한자리에 모여
각기 무위를 닦고 있구나
이 자리 바로 부처 뽑는 곳
마음 비우고 급제해 돌아가네.
十方同一會 各各學無爲
此是選佛場 心空及第歸

동불전銅佛殿 앞에서 향을 피우고 기도를 올리는 중국 불자의 모습이 간절해 보인다.

한때 중국 불교의 중심지였던 우민사의 옛 영화는 볼 수없지만 우민사 스님들의 걸음걸이는 위엄이 있다.

이와 같은 방거사를 〈대광명장大光明藏〉 중권의 방거사장龐居士章에서는 다음과 같이 평하고 있다.

'석두를 본 순간, 거사의 의기는 이미 그와 통하고 있었다. 거사는 이 의기를 하나의 질문으로 집약하여 보란 듯이 마조에게 던졌다. 그러나 마조의 한 마디 기침 소리에, 얼음이 녹듯 기왓장이 부수어지듯 그의 의심도 깨끗이 풀어졌다.'

방거사는 마조 대사가 자신의 입적 도량인 보봉사로 가기 전에 2년 동안 머물렀던 것 같다. 그 무렵에 방거사가 마조 대사에게 물었다.

"역력한 본래인本來人으로서 간절히 부탁드립니다. 부디 눈을 위로 올려 떠주십시오."

그러나 마조 대사는 눈동자를 밑으로 내리깔았다. 거사가 말했다.

"내내 같은 이 무현금無玄琴을 스님 또한 능숙하게 잘 타시는군요."

이번에는 마조 대사가 눈길을 위로 올렸다. 여기에서 거사가 절을 올렸다. 마조 대사는 서둘러 자신의 방으로 돌아갔다. 잠시 후, 뒤따라온 거사가 마조의 방에 들어서며 말했다.

"잘하려고 하다 보니, 오히려 제가 바보짓을 한 것 같습니다."

거사는 마조 대사에게 다시 물었다.

"물은 근육도 뼈도 없지만 만석萬石을 싣는 배라도 거뜬히 떠받칩니다. 이것은 어떠한 도리입니까."

이에 마조 대사가 말했다.

"여기에 물도 배도 없는 데 근육이니 뼈니 하는 것은 또 웬 말인가."

질문을 던진 거사가 발판 삼아 서 있는 그 자리마저 뿌리째 뽑아버리

우민사는 대한불교 조계종의 종조 도의국사가 서당 지장에게 법을 받은 곳. 동불전 마당에 도의국사구법기념
비가 서 있다.

는 것을 선문에서는 소탕문掃蕩門이라고 하는데, 이 소탕문 덕분에 거사는 깨달음의 인연을 더 깊게 짓지 않았을까 싶다. 마조 대사에게 질문을 던질 때마다 궁지에 몰렸으나 공부인으로서 그의 노력이 헛되지 않았던 것이다.

마침내 순례 일행은 우민사 산문 앞에서 하차한다. 산문 안쪽에 '마조 도량 우민사'라는 편액이 보인다. 절 주변에 아파트가 밀집하여 답답한 느낌이 들지만 그래도 마조 대사의 그림자나마 남아 있어 다행이란 느낌이 든다. 천왕전을 지나니 다른 절에서 볼 수 없는 동불전銅佛殿이 보인다. 18톤 크기의 동불이 봉안돼 있어 전각 이름이 동불전이 된 모양이다. 동불전 마당에는 우리나라 조계종 종조인 도의국사구법기념비가 서 있다.

그러고 보니 우민사는 도의 국사가 마조 대사의 고족제자인 서당 지장 선사에게 법을 받은 절로 순례 일행에게도 뜻깊은 곳이다. 기념비 첫 문장에도 도의국사가 구법 입당하여 제방을 참방하다가 이곳에서 서당 지장 선사를 만나 여래심인을 인가받아 육조의 종지를 한국에 최초로 전했다고 음각돼 있다. 수불 스님이 마조선이 국내로 전하게 된 인연을 말씀하신다.

"마조 스님이 이곳에서 한 십 육칠 년 정도 주석하고 계시지 않았나 싶습니다. 수많은 강호의 제현들이 마조 스님을 찾아뵙고 선문답을 하고 한판 내동댕이침을 당하는 그런 장소가 이곳이었을 겁니다. 그리고 마조 스님이 돌아가시고 난 뒤에 서당 지장 스님이 여기서 주지로 사실 때 우리나라 도의 국사가 찾아왔을 겁니다. 서당 지장스님에게 심인을 인가받은 도의 국사는 귀국하여 설악산 진전사에 은둔했고, 국사의 심인이 제자 염거 화상에게, 다시 보조 체징 선사에게 전해졌으며 체징 스님은 헌안왕

3년(859)에 전남 장흥 보림사를 창건하고 가지산문을 열었던 거지요. 그러니 이곳은 대한불교 조계종의 발원지와 같은 곳입니다."

〈조당집〉 제17권 설악 진전사 원적 선사편에 도의 국사의 행장이 짧게 소개되고 있는바, 요약하자면 이렇다.

'서당의 법을 이었고 명주에서 살았다. 선사의 휘는 도의요, 속성은 왕씨이며 북한군에서 살았다.(중략) 강서 홍주 개원사로 가서 서당 지장에게 머리 숙여 스승으로 모시고, 의심을 풀고 막힌 체증을 푸니, 서당 대사는 마치 돌 틈에서 옥을 고른 듯하고 조개껍질에서 진주를 주워낸 듯이 기뻐하며 이렇게 말했다.

"진실로 법을 전한다면 이런 사람이 아니고 누구에게 전하랴."

그리고는 이름을 도의로 고쳐주었다.

이어, 두타의 길을 떠나 백장산 회해 화상께로 가서 마치 서당 화상처럼 하니 백장이 이렇게 말했다.

"강서의 선맥이 몽땅 동국으로 돌아가는구나!"

백장도 사형인 서당 못지않게 도의 스님을 찬탄하는 대목이 아닐 수 없는바, 도의 국사가 육조의 종지를 우리나라에 최초로 전했음은 의심의 여지가 없다. 그러므로 조계종 종헌 종법에 도의 국사를 종조로 명시하고 있는 것이다.

우민사 경내의 나뭇가지에는 수많은 붉은 리본들이 걸려 있는데, 아마도 신도들의 축원문인 것 같다. 티베트인들이 긴 장대에 거는 오색 깃발인 룽다와 같은 듯하다. 수불 스님이 붉은 리본들이 매달린 나무 밑으로 가 마지막 회향 법문을 준비하신다. 우민사를 오기 전 깐강 가에 있는 등왕각에 들렀을 때 나와 아내가 왕과 왕비의 복장을 빌려 입고 기념사진을 한 장 찍었는데, 스님이 그 점을 지적하며 말머리를 푸신다.

"소설가 정찬주 씨 내외가 등왕각에서 왕과 왕비 옷을 입고 찍은 사진을 보았습니다. 누가 저에게도 스님도 한 번 찍어보라고 권하기에 저는 왕 노릇 하는 것보다 머리 깎고 수행자로 사는 게 좋습니다, 하고 말했지요. 더구나 괜히 왕 사진 찍은 인연으로 다음 생에 왕이 되면 어떡합니까. 세상 사람들은 왕이 좋겠지요. 하나 저는 머리 깎은 수행자가 좋아요. 그러니 초지일관해야지요. 우민사라는 절 이름처럼 백성 가까이서 제가 가지고 있는 기량으로 불법을 마음껏 전하고 조금이라도 여러분에게 이익을 줄 수 있다면 그것으로 족하지 않나 생각됩니다. 이웃 나라 중국으로와 먼 오지까지 순례를 다닌 행운을 누렸습니다. 과거의 선승들은 찾아가고 싶어도 찾아갈 수 없었던 그런 곳까지 우리는 단숨에 여러 곳을 둘러봤어요. 좋은 세월 속에 살고 있는 거지요. 부탁드리고 싶은 것은 건강하게 오래오래 사시라는 겁니다. 인연 따라 또다시 순례 와서 자기 점검하고 늘 공부하는 마음가짐으로 수행자다운 풍모를 지닐 수 있게끔 정진한다면 더 좋은 결과가 오지 않겠나 하는 생각이 듭니다."

우민사 산문을 나서는데, 거리를 오가는 행인들 속에서 한 중국 여성이 수불 스님 앞으로 와 공양물을 올리더니 무릎을 꿇고 삼배를 올린다. 스님이 여인의 머리에 손을 얹어 축원한다. 아마도 여인은 불단에 올릴 공양물을 스님에게 무심코 보시한 것이리라. 문득 부처님께 정성으로 켠 등불은 태풍도 끄지 못한다는 빈자일등貧者一燈의 가난한 여인이 떠오른다. 지고지순한 정성이야말로 성불에 이르는 첫걸음이 아닐까. 1,2차 순례 길에서 일행 모두에게 깊은 감동을 준, 가슴에 맑고 향기로운 연꽃 한 송이가 피어나게 한 여인의 불심이었다고 믿어진다.

남악 회양

남악 혜사

백장 회해

황벽 희운

동산 양개

운거 도응

석두 희천

마조 도일

위산 영우

앙산 혜적

석상 초원

양기 방회